漫娱图书
SINCE BOOKS

坑书·时空恋人系列

# 狩猎恋人

Shou Lie Lian Ren

拂罗 著

长江出版社 CHANGJIANGPRESS 漫娱图书

魏云澜
WEI
YUN LAN
种族（race）：半人（龙基
身份（identity）：上校
出生（birth）：2277.12.17
我若活着，
为你颠覆这个时代又如何！

江沉闻
JIANG
CHEN WEN
jiang wen chen
种族（race）：人类
身份（identity）：画家
出生（birth）：2279.06.08
早安，
我亲爱的向日葵女孩！

温越
WEN YUE
种族（race）：人族
身份（identity）：赏金猎人
出生（birth）：2281.12.17
你是我活着的信仰，
是我战斗的荣光。

沈妄许
SHEN
WANG XU
种族（race）：半人（毒蛇基因）
身份（identity）：卧底特工
出生（birth）：2282.04.14
什么是喜欢的正确方式，
你可以教我吗？

# 序章

系统：实验对象记忆载体消除进度。

50%

轰隆——

战场响起震耳欲聋的爆炸声，火光从视线尽头亮起，将黑夜刺穿，滚烫的气浪扑面而来。

子弹终于打空了，你手一松，手枪落在满地弹壳上。

“重复，还剩多少人？”

“存活三名。”

轰隆——

地面震动，掩体建筑开始坍塌，砖石劈头盖脸砸下来，但你已经没有力气再躲。你靠在焦黑的墙边，慢慢抬起手腕，联络器闪烁着微光。

“重复，剩多少人？”

没有回应，这意味着只存活一人……只有你。

轰隆声恍若隔世，耳鸣还在继续，这是离爆炸太近的后果，又或许是你已无限接近死亡。

你忽然好奇，在弥留之际自己会想起谁？

短暂的寂静反而使你渐渐坠入黑暗的意识清醒了些，废墟之上的火舌仿佛化作星海，而满目星海之中，仿佛出现了那个颀长而优雅的身影。你努力抬起头，只看清男人在半明半暗光影里的下半张脸，阴柔、风流，薄唇扬起矜贵的弧度。

他的西服领口别着一朵殷红的玫瑰，在战场上熠熠生辉。

居然是他？

也……果然是他。

苦涩的笑意慢慢从你唇边浮起，看着幻觉消散，你还是再次拨动了手环，点击了某个号码，不等对方说话，你先平静地出声。

“我们的行动失败了。”

“不要为我惋惜，带着组织……继续向前。”

语音另一端传来对方轻轻的呼吸声，略显不稳，却在片刻沉默后很好地掩饰了情绪。

“收到。”

**系统：实验对象记忆载体消除进度。**

80%

轰隆——

第三声爆炸响起，火光冲天，你看见那些装备精良的敌人，持枪匆匆朝你围来。

“发现目标！”

“抓活的！”

“这些年，谢谢你。”你对着手环，每呼吸一声，都会从肺里牵起血气，痛得四肢也如同蚁噬，“不要为我惋惜，我一生没有很在乎的东西，所以并不畏惧死亡。”

最决绝的遗言，最冷静的疯狂。

又是漫长的沉寂。

依稀听清手环那端传来一声轻轻的叹息：“可是我在乎你。”

似乎意识到自己的失态，短暂的沉默后，他的声音很快又恢复得缱绻而低柔：

“睡吧，亲爱的，我会接你回家——”

**系统：实验对象记忆载体消除进度。**

**100%**

**加载完毕。**

**重新载入记忆体，唤醒实验对象，开始对话。**

1

视线漆黑，你感知不到身体的存在，意识好像浸在黏稠的水里。

眼前突然有了微光，0 与 1 的组合不断变换排列，最终组成一行暗红的文字。

系统时间2304/3/5 19:08

是否可以看到这行系统文字？

你尝试着张了张嘴，黑暗中立刻有声音。

“是的。”

或许是沉睡了太久，你的情绪感知有些生硬，连同记忆都变得模糊起来。你不禁开始仔细思考，你是谁？这是哪里？这行文字又是什么东西？太多的疑惑在你的意识里盘旋，在漫长的沉默后，你才发现眼前的文字早已刷新了一遍。

在【解铃计划】正式启动之前，请尽可能提出你的问题，

这对我们下一步的进展非常重要。

A. 我的身份是？

跳转3（012页）

B. 刚才那些记忆是什么？

跳转5（020页）

C. 解铃计划是？

跳转2（010页）

D. 没有了

跳转4（016页）

解铃计划：利用意识转移程序，接近“普罗米修斯”组织的危险人物。你的意识将穿越到当年，依附于被穿越者身上，接近目标，通过感化等手段降低他们的威胁。

也就是说，你要博取这些危险人物的好感，并且逆转他们走向效忠反叛首领 Black 的结局？

反派攻略计划？

请尽可能提出你的问题。

面对任务，你没有任何拒绝的权利。

在混乱的年代，每个人都要为了各自的信念而战，而警探的生命，并不属于自己。

但你还是尝试问：“任务完成后，我会如何？光荣退役？”

系统沉默了一小会儿。

由于你现在的身体已经遭到破坏，无法修复，
如果顺利完成任务，可以考虑留在穿越后的世界。

这次的冷冰冰的机械音在你听来明显变得悦耳许多。

你敏锐地抓住了其中的关键，这是一次重生的机会，必须抓住。

“好的，我同意。”

几份目标资料稍后会传输给你。

跳转回 1 （009页）继续选择

3

保持清醒，不要忘记，并不是这样俗套的牺牲故事。

探员编号 1801617，2300 年执行卧底任务时重伤，被判定战斗殉职，转入试验所休眠，2304 年被选为第一批“解铃计划”实验对象，从植物人状态唤醒意识，成为解铃人。

别信，还没有实现计划。

欢迎回来，这里是 Utopia 工业城，城市编号 201 的第一研究所。

绝不会让他们得逞，对吗？

你将被安排新的身份，准备执行计划。

断断续续的记忆涌入你的脑海，带着这个时代特有的喧嚣，将你渺小的身影淹没。

战争，分裂，人类与半人无休无止的厮杀，混乱的城市……

几十年前，人类的社会里突然出现了另一个人种——拥有动物基因的人类，他们生来就带有不同的动物特征：猫耳、蛇瞳、毒牙……甚至龙角。

他们被称为“半人”。

谁也说不清楚，基因为什么会突然改变。

起初人们感到新奇或不安，网络上连续几年热议的都是诸类话题，然后人们开始习以为常，并且陆续分成两派，一派信奉生来平等，一派则极度排斥。再然后，由于受到各类作品的影响，许多带有兽耳等元素的半人开始成为偶像，被簇拥追捧。

然而摔落神坛往往只需要一瞬间，随着“狂化”的发生，曾经的鲜花立刻变成了警惕的辱骂与刀尖——某个半人明星在一场发布会时突然发疯，回归兽性，残杀了会场几十人。

这立刻成了巨大恐慌的引爆点。

经过研究调查，原来由于基因不稳定，许多半人都是潜在的暴力分子，很有可能会做出危害社会的野性举动。

分裂就是这样开始的。

在人类高层的监督下，半人们由族人自行统治，发狂的半人则由两方势力共同击杀。

你记得自己昏迷前的人口统计数据，截至 2300 年，人类迈入 24 世纪的第一年，半人约占人口的 2%。

由于社会变动与物资紧缺，分裂还在继续，直到那场学术丑闻被公开后，矛盾彻底爆发——

那是由一个代号 Black 的神秘人精心挑起的战火，他声称自己派间谍潜入邻国的基因研究所，一举揭穿了各国违背伦理的基因实验：原来最初的半人就是诞生在官方手中，他们强行改造基因，企图培育出体力智商更优越的人种，投放于各类战争。

因为管理不善，少部分试验品从研究所出逃，携带着不稳定的狂化基因，渐渐流入社会……

无论真假，Black 的目的达到了，这消息立刻如同巨石投湖，打破了表面的平静。

战争就这么爆发了。

Black 趁机建立了自己的势力，声称要改造一个更好更合理的世界。Black 将组织代号定为“普罗米修斯”，所以它也被称为“火种战争”。

无数人都在猜测 Black 究竟是什么身份。

目前有三个被高度怀疑为“Black”的危险人物，被官方列为红色高级通缉犯，但都没有确切证据。

如今，各城市不再拥有自己独特的名字，那些还没有被暴徒们占据的城市，它们被统一规划为“Utopia 工业城”，并附编号。

关于你自己的记忆也慢慢清晰起来——

**获得身份资料**

SHEN FEN ZI LIAO **身 份 资 料**

探员编号：1801617

出生地：201工业城

学历：警校毕业

第一个任务：卧底行动，跨越国境线，前往邻国研究所窃取资料。

任务结果：失败

## 「详情汇报」

撤离那夜，你遭到“普罗米修斯”的成员的枪击，银发少年漂亮无害的容貌让你忽略了他的危险，子弹在夜雨里打穿了你的心脏。

你倒在夜雨滂沱里，直到后续赶来的同僚们将你匆匆救走，他们决定带你回总部，用培养仓强行维持你的生命。

## 「工业城-201简介」

这里是由人类与半人共同建造的工业城市，城市规划为南北两区，公民尽量减少在两区之间移动，避免前往危险外城区游荡。

◆ **南城区**：人类居住区，包括军区与官方政府，拥有许多优越的物质条件，可以用繁华都市来形容，充满纸醉金迷。

◆ **北城区**：半人居住区，多为半人或人类流浪者居住，虽然拥有学校、广场、商场等建筑，但因为狂化的困扰，那里时常发生各种案件，甚至大型恐怖袭击。

◆ **危险外城区**：战后未被开拓的城区，有许多无主的战争机器人与失控半人游荡，极度危险，执行官会定期派人出城歼灭，以免它们威胁城市，你并没有被分配到那个部门。



跳转回1（009页）继续选择

任务很清晰，魂穿到当年，拯救这些坠入深渊的反派们，避免他们危害社会。

“那我们开始吧。”你回答道。

“这只是一场名为遗忘的噩梦……让我们开始吧。”

**开始解铃计划——**
**请选择您的任务。**

温越　　魏云澜　　沈妄许

看着眼前悬浮的三个任务框，你正思索着要点击哪一个，突然被系统撕裂般的警报声惊得停住了。几乎就在同时，你听见了无比熟悉的爆破声、子弹出膛的砰砰声、无数脚步由远及近的奔跑声，这是……战争的声音！

**警告！程序已毁损！**
80%
**警告！入侵者闯入！！！**

眼前的漆黑突然切换成危险的猩红，冰冷的系统音响彻四周，一遍遍地重复着。

砰——

砰!

枪声无限接近,一声比一声更响亮,你渐渐听见了人们的惊叫“敌军来截人了!”“通知增员!”……随着几声沉闷的枪响,这些混乱的惊叫都戛然而止。

你又沉入了一片深海般的漆黑。

所有的枪响与破碎声都渐渐远去,喧嚣亦如退潮一般,正前方却响起了黑皮鞋一步步碾过满地鲜血的声音,步伐从容,每一声足音都像配合枪火硝烟踩下。

他将战争踩在脚下,停在你前方。

你猛地睁眼,视线穿过淡蓝色的培育液,看见外面那个年轻的男人,正随手摘下布满弹孔的作战头盔,侧脸阴柔而出众,长发因汗水微微濡湿。

他像是一朵罂粟花,阴柔、美丽,开得缱绻又漫不经心,纵然伴随未知的危险,也引人忍不住想要一探究竟。

四周全是惊心的爆破与呻吟,对方漫不经心地松手,报废的头盔“当啷”在血泊中滚出很远。

他微微抬头,注视着悬浮在培育仓内的你,发出一声不合时宜的轻笑,像香烟在风里瞬息飞散,还残余着淡淡余韵。

“找到你了,亲爱的。”

尾音缱绻低柔。

你怔了下。

很熟悉。

24 世纪最著名的上流人物之一。

这是一张经常出现在荧幕闪光灯下、新闻版面中的脸,也是被无数女人誉为理想型的完美男人——江沉闻，在上流社会享誉盛名的天才艺术家，同时是个捐助无数的慈善家，极力主张和平。

你曾与江沉闻见过一面。

记忆中那时你还是警校的学生，有次和同学们组团参观艺术展，解说员带队速度太快，你去了一趟洗手间就和大部队走散了。你着急向前走，不小心撞到了一个穿黑西服的长发男人。

当时江沉闻正凝神站在画前，那是凡·高的《向日葵》油画之一。

他微微感到意外，朝你望来，笑意从容却不达眼底："你好？"

你从未见过有人能将笔挺的黑西服穿出这样的气质，有的男人深沉俊美，有的男人风度翩翩，而他介于二者之间，眉眼流转间还增添了丝丝矜贵的……漂亮。

你连忙道歉，很快离开，鬼使神差地往回看了一眼——有个女孩正朝着江沉闻走过去，平静地说了几句话。江沉闻立刻微笑点头，陪她一起离开了那幅让他留恋的《向日葵》。

努力搜索记忆，女孩的脸却是一片模糊。

四年间究竟发生了什么？你看着他，脑子里一片混乱。

他刚才是不是叫你"亲爱的"？

此时，属于艺术家的修长手指正娴熟地从作战服里拔出手枪。

他隔着厚厚的玻璃，将枪口对准了你。

**警告：请尽快按下任务按钮！！！**

来不及细想了，要赶紧做决定……

A. 立刻选择任务！

跳转温越线 169页

跳转魏云澜线 021页

跳转沈妄许线 251页

B. 迟疑

跳转江沉闻线 091页

5

你将疑惑问出口。

等待你的却是一阵漫长得可怕的沉默。

当冰冷的系统音再次响起，你的意识被一阵强大的不可抗力抽走，仿佛要将它重新排列组合，再次重启。

**警告：检测到实验对象部分记忆残留，**
**启动再次格式化。**

跳转 1回（009页）

SHOU LIE LIAN REN WEI YUN LAN
SHOU LIE
LIAN REN
狩猎恋人·魏云澜
魏云澜
WEI
YUN LAN
性格：冷傲禁欲
攻略难度：★★★
请求归航，我的指挥塔。
点击进入

## 查看魏云澜身份资料

巨轮航行在茫茫大海中，船上正举行着一场上流专属的海上舞会，舱里灯火通明。

“你听说没有？魏小姐爱的根本就不是魏云澜的人，而是他那张脸……和她的初恋有五分相像！”

“她的初恋不是个公司总裁，后来遭遇车祸死了吗？”

“对，从此她就傻了，经常又哭又笑的，总嚷嚷要找他。她爸心疼女儿，就把魏云澜指给她了，据说他当时还不乐意，说有喜欢的人……可你说，为什么现在连性格作风都学得跟人家总裁有八分像？”

几个名媛举着香槟，眉眼里流露出不加掩饰的蔑意。

在如今的时代，半人总是叫人瞧不起的。何况那位上校出身卑微，只是被魏家捡回来的一个战争孤儿罢了——像他这样的半人孤儿，魏家收留了很大一批，只是大多数最后都不知所终。

要不是魏家，谁又能知道他魏云澜是谁呢？

魏家与201城高层素有来往，魏上校只不过是他们养的一条狼狗。他尽职尽责地守护着南区富人们的安全，将冰冷的枪口转向贫寒的半人同类。

富人们轻蔑他，穷人们憎恨他。

“打扰。”

沉冷的男音毫无征兆地响起，穿透舞会上的一切杂音，独断、愉悦、漫不经心，还有几分淡淡的嘲讽。

名媛们打了个冷战。

那是一位穿制服的俊美军官。他有着一副东方面孔，威严的龙角与金瞳显示着他半人的身份。

男人的衣料漆黑如夜，冰冷的银色金属在水晶吊灯下流动暗光。他身材修长，军靴在地面发出利落的声音。只见他漫不经心地穿过宴场，吸引了在场所有异性的目光。

“请问，你们有没有见过我的未婚妻？”上校的金瞳平静无波，让他看上去仿佛优雅的猎食者。

名媛们都不约而同呆愣愣地盯着他，连举在唇边的香槟都忘了喝。

“她……她好像说要透透气……”

上校淡淡道了声谢，唤副官朝着舱外去了。他看似寻爱人心切，但目光冷而寂然，如同今夜漆黑平静的海平面，不包含丝毫的感情。

她独自在甲板，静静地倚在船头看海。

海平面一望无际，巨轮破开漆黑的浪涛，发出鲸鱼似的低啸，又让她想起了十七岁那年的车祸。

冰冷的海浪，浮现出她爱人苍白的面庞。

她破涕为笑，朝着爱人缓缓张开双臂，突然听见身后匆匆响起的脚步声——

“上校，小姐跳海了！”

坠入海里的前一刻，她转过身，死寂的瞳孔突然被不属于她的神采点亮。

**系统：开始穿越——**

什么？刚穿越就要摔进海里了？！

“去救大小姐。”你听到了男人熟悉的嗓音，经年不闻，曾经明朗的声线被刻意压低。

上校冷静地吩咐副官救人。

“阿澜！”你睁大了眼，脱口而出。

魏云澜微微一愣，朝你抬眼，在坠海的前一刻，你们在刹那目光交织——

他死寂的瞳孔深处仿佛有星火燎燃。在众人惊讶的目光中，魏云澜推开拥挤的人群，疾步朝船头跑来。

冰冷的海水席卷全身，你努力抬头，看清那个朝你游近的男人。他的相貌冷峻，眸色让你想起烈阳下的碎金湖泊，又像极了某种大型捕猎生物。

下一刻，你被上校有力的臂膀揽过，紧紧拥入怀中，一齐浮上海面。

“你……叫我什么？”他用力扳起你的下巴，迫使你抬头，死死地注视着你，眼里仿佛引燃烈火，“这个称呼，你怎么会知道？”

为什么会突然唤他阿澜？

你在冰冷的海水里昏了过去，在意识沉入黑暗前，那些不知从何处浮现的记忆却愈发清晰起来。你确实见过魏云澜，不是以探员的身份，而是……反抗军。

当年的他，是个寡言但尚存良知的青年军官，并不是像如今这样深沉又独断。

我们为何而执着，我们为谁而开战。

醒醒。

多年前的寒冬，大雪封住联络信号，你与同伴失联，独自跋涉在边境。

这里只有被血洗后的半人难民营，孩子与大人都死在枪口下——你本来是领人来救他们的，可大雪将你们堵在半路，迟了两天。

你饥肠辘辘，身心俱疲，身上除了枪械之外，只有许多带给难民孩子的糖。

火种战争还未打响，但针对失控半人的剿灭其实早已开始，许多即将狂化的半人流离逃窜，而那些城市的人类士兵，被派去“清扫”这些不稳定因素。

大雪也席卷了他们。

看到一个穿制服的人影，你缓缓朝他抬起枪口——

对方却没有丝毫反抗的意思。那是一名很年轻的军官，漆黑的制服在作战中变得破破烂烂，露出白色的内衬，显得狼狈不堪。他跪在被染红的雪地，双手紧握着一支枪，正缓缓仰头，将枪口抵住自己的下巴，年轻俊美的面庞满载绝望与疲惫。

他头上生着漆黑的龙角，居然是个罕见基因的半人。

因为大雪，所以绝望了吗？

你缓缓走近他，平静地问：“能不能告诉我，哪里还有你的同伙？”

青年军官空洞的目光回神了些许，他那金色龙瞳仿佛即将熄灭的残阳。“没有了。”他沙哑的嗓音被风雪吹刮，几乎要吹散，“我把他们都杀了。”

你意外地看着他：“你杀光了自己的队员？一个人？”

青年军官张了张干枯的嘴唇，他的视线缓缓扫向被雪覆盖的尸体，目光冰凉，突然重重按动扳机——

枪卡壳了。

青年军官慢慢地呼出一口白雾，颓坐在雪里，自嘲低笑：“帮个忙？”

“可以。”你抬起手枪对准他的额头，“说说你为什么杀他们？”

“长官命令我披上普通人的外套，去当诱饵，降低他们的警戒。”他金色的瞳孔破碎，那是对战争感到疲惫的表情，“有个天真的孩子跑过来问我，是不是和他一样是落难的半人。”

“我试图劝他们赶紧逃走，可是太迟了……”青年军官伤势过重，发出微弱的咳嗽声。

你缓缓扫视着四周，面露疑惑：“你一个人打败了这么多训练有素的士兵？”

“是。”青年军官自嘲地低笑，“我想至少要保护这里的孩子，但最后谁也没能保下，来边境之前我不知道会是这种任务。”

你沉默地听着，慢慢拉动保险。军官缓慢地支起身体，再次跪倒在雪地里，闭上双眼，用额头抵住了你的枪口。

A. 不开枪
跳转5
036页

B. 开枪
跳转3
028页

一等就是许多天。

起初在体力尚存的时候，魏云澜还能拎着枪去猎来几只野兔为你煮熟，但随着日子渐渐过去，他终于失去了最后的力气。

你开始意识到这是个错误的决定。

但一切已经来不及了，下一场大雪就要降临，这次没人能逃得过残酷的自然灾害。

END

大雪

提示：跳到5（040页）重新选择。

他是少数拥有良知的刽子手，可他并不无辜。

你叹了口气，按动扳机，在一声枪响后挪开了目光。

与你击毙的那些士兵相比，他并没有什么不同。

END

了断

提示：跳到1（026页）重新选择。

你决定沿着国境线往前。

踩着深雪走出几步，察觉身后的人脚步停滞，你疑惑地回身，看见他静静地站在耀眼的阳光下，金色的双眸被雪色刺得微微眯起，望向那些被大雪覆盖的尸体。

导火索已被悄然点起，但在遥远的城市里，人们仍然照常无忧无虑地生活着。

“战争已经开始了。”你轻声说道。

一座座雪堆如同白皑皑的墓碑。魏云澜的眼神像是包含着一声漫长的叹息，他紧紧攥拳，又无力地松开。

“城市里有很多人都盼望开战，他们视战争为游戏。殊不知，大多数人都是雪花，只能被推着走，浪漫只属于少数人。”他语气渐冷，“只有真正的能力者才能控制雪崩，我想了一夜，自杀毫无意义，什么也改变不了。”

“能力者也有不同。”你问，“如果要你来当，你会选择为时代献身，还是沉沦于上位者的浪漫？”

“什么是浪漫？”魏云澜低低出声。

你想了想，走到与他并肩的地方：“浪漫可不一定只属于那些人，你看——”，远方是白皑皑的雪原，仔细看，有一大块碎冰被阳光反射出五色光彩，璀璨又耀眼，分明是一朵开在绝境中的冰花。

魏云澜寻找着。

“满地繁花是浪漫。”你轻轻笑道，“在极致的荒芜中开出唯一一朵花，我觉得也可称之为浪漫。”

脚下的雪块突然松动，你脚下一滑，整个人朝着雪坡往下倾斜。

魏云澜想拉住你，却也因脚下松动栽了下去。

“啊——”你惊呼出声，被魏云澜敏捷地护住后脑，埋入他的胸膛。

电光石火间，他嗓音浑厚：“别怕。”

你们双双滚落雪坡，好一会儿才停。你晕乎乎地回过神，才发现自己坐在魏云澜的身上。他躺在雪中，衣发与龙角都沾了细密的雪花。

你连忙站起来，拍拍身上的雪，尴尬地转移话题：“你……你看到那朵花了吧……如果你还非要选第二种，那我可要毫不犹豫地干掉你了。”

说罢，你朝他伸手，扶他起来。

十指相握，年轻军官的唇角罕见地扬起些明朗的笑意。

“嗯，我看到了，唯一的那朵花。”

跋涉过漫漫雪境，你们白天徒步赶路，晚上就睡在帐篷里，偶尔也会生起篝火取暖，一起分享你口袋里所剩无几的水果糖，补充体力。

雪山皑皑，国道静默，若不是饥肠辘辘，偶尔倒是会让你有种结伴旅游的错觉。

路遇游客愿意载你们一程，有男人轻佻地想跟你说话，魏云澜属于人狠话不多的性子，往往目光一扫就将对方吓得闭嘴。偶尔也有热情的女游客想跟他搭讪，他依旧靠在车厢内闭目养神，并不理睬。

“你为什么只对我笑啊？”你好奇地问。

被你追问得紧了，他平静地答道：“我的笑容很值钱，希望你以后付得起。”

你头上直冒问号。

与你独处的时候，他偶尔会提及自己的身世——

从有记忆时起，他就沦为了战争孤儿，沿街流浪，和其他小乞丐或野狗野猫争抢食物。十岁那年，为了吃饱饭，他大意地上了魏姓富商的车，和许多孩子一起成了他的养子。

奇怪的是，孩子们一个接一个地失踪了。

不久后，魏云澜就发现了魏家恐怖的秘密，他企图劫持大小姐离开那里，却失败了。

这个孤注一掷的举动让他躲过一劫，魏家主觉得他是个可利用的苗子。于是苛刻严格的训练就成了他每天生活的主调。从少年到青年，哪怕骨折发烧，他也从未有过一天懈怠。

他以此为改变命运的契机，咬着牙一步步爬了上来，却在真正身临战场的时候突然崩溃。

原来训练多年，自己的枪口竟是会朝着无辜的同族。

“大小姐？”你疑惑。

“那女人脑子不正常，利用父亲施压，要我和她订婚，因为我和她死去的初恋长得有点像。”每次提起她，魏云澜都语气发冷，“但凡我言行举止全然不像，她便折磨我，把我关在她的地下室。除了申请调来前线，我没有别的办法远离她。”

你后背发冷，默默递过去最后一块糖。

“手环已经有信号了，刚联系过我的同伴，他过几天在前面的城里跟我会合。”

魏云澜习以为常地接过糖，听到“同伴”，他动作微顿，眼神隐约一黯。

“走吧。”你轻快地拍拍身上的落雪。

魏云澜默默地跟在后面。不知是不是错觉，他比往常走得要慢些。

你们找了个旧筒子楼改建而成的破旅馆。店主从窗口探出头：“就剩一间房了，小情侣打八折。”

你恨不得马上洗个澡倒在床上，懒得辩解："行。"

店主"嘿嘿"一笑，目光毫不掩饰地在你身上游走："这么漂亮的大妹子怎么看上个半人。"

魏云澜护在你身前，语气阴冷："眼睛还想要的话，管好它。"

"你小子还想不想租——"

魏云澜淡淡地抬起手环扫码，金额到账的声音立刻让他闭了嘴。

虽然恨不得倒头就睡，但你还是坚持去洗澡。出租屋太窄，成年男人在浴室外怎么样都显得不妥，你刚拉上浴室门，就听见魏云澜出门的脚步声。

你擦完头发走出来，他已买好饭菜摆在桌上，心不在焉地看着古董电视里播的电影。

"好香啊！"你见播的是20世纪的原声港片，便问他，"你喜欢老电影？"

"我听不懂。"魏云澜问，"现在他们在讲什么？"

屏幕里正放着绵绵的老歌，洗澡前放在桌上的手环已经来了讯息，你拿起来，不经意地跟着电影脱口而出："我养你啊。"

魏云澜沉默不语，目光像是朝你，又像朝着你的手环。

你自己先愣了下，想起他的描述里，疯疯癫癫的女人居高临下将他关在地下室的光景，这句话想必是他最痛恨的——

随后你听见他低低说出的"好"。

你惊讶地看向他。

魏云澜平静地挪开视线，目光闪烁："开个玩笑。"

你眨眨眼，实在没有领悟到这个人奇怪的笑点，只好转移话题："你有没有发现港片里的称呼都特别有意思？像是阿猫阿狗啊……"

他依然心不在焉。

是因为那句台词才心情不好吗？还是别的什么？

你换了个台："我叫你阿澜怎么样？这样多独特，就算咱们好多年后再重逢，朋友一场，也不至于认不出对方。"

他终于回过神，对这个称呼感到有些意外。

你笑吟吟地看他："阿澜。"

电视里播放着缠绵的音乐，窗外黄昏的余晖映来，照亮狭窄的出租屋。他怔怔地朝你抬起头，像是被一只无形的纤手温柔地托起脸庞，金色的瞳孔亮过黄昏的余晖。

"嗯。"他轻声回应。

"你的眼神和我遇见的所有人都不一样，我会记得它，不会忘。"

另一个台也播放着爱情电影，你听清电视里传来念白的声音。

"我们最接近的时候，我跟她的距离只有 0.01 公分，57 个小时之后，我爱上了这个女人——"

你终于低头看清了手环上的讯息。

江沉闻：亲爱的，和那位朋友告个别吧，明天早晨我就去接你。

电视上继续传来："6 个小时之后，她喜欢了另一个男人。"

第二天一大早，你迷迷糊糊中收到消息。

江沉闻：看窗外，亲爱的。

你惊喜地爬起来，跑向窗边，看见一辆酒红色的轿车停在筒子楼下，吸引了街坊的目光。在女租客们激动的议论声里，一个穿灰色羊绒风衣的长发男人开门下车。

“你看！那是我……”你喜悦地回身，这才发现出租屋里空荡荡的，连昨夜他打的地铺都被整齐叠好。

就像是你从来不曾遇见过这个人。

旅馆的店主懒洋洋地开口道：“你男朋友啊？天不亮就走了，走之前还朝着你屋的方向看了大半天……”

你沉默了会儿，借来纸笔写下一张字条：“如果他回来，麻烦你把这个纸条转交给他。”

我的时代正要徐徐开幕，希望你不要提前退场。

你本想邀请他加入你的组织，可他最终选择不告而别。你轻轻叹了口气，让步伐也坚定起来，朝着江沉闻走去。

他眼神柔和，从车里取出柔软的围巾，娴熟地帮你围起：“你说过的那位朋友呢？”

“他自己先走了。”你平静地说道，“咱们也走吧。”

“好。”

江沉闻眉眼间的笑意愈发浓了几分，他从容地帮你拉开车门，视线向你，缱绻如恋人。

多年后，你再听见魏云澜这个名字，他已经回归敌对阵营，立下所谓赫赫战功，并且回到 201 城与那位魏大小姐订了婚。

或许多年前并肩远眺的时候，那个来不及被回答的问题，其实早已有了答案。

在没有方向与明灯的长夜里，立场再矛盾的两个人也会互相扶持；可黎明到来，他们就会立刻被贴上许多标签，各奔东西。

——从此以后，你再也没有看过那两部老电影。

**系统警告：检测到实验对象有部分记忆残留……**

**格式化失败。**

跳转 6（041页）

他不无辜，可杀他也没什么好处，你很需要帮忙。

“睁眼。”你淡淡命令。

对方置若罔闻，你伸手掰起他的下巴，迫使他朝你抬头：“看着我。”

年轻的军官睁开眼，冷不防被你扬手重重给了一巴掌。他被你打得踉跄，扶住枪托才稳住身子，龙瞳如猫科生物般骤然竖起，那是本能的杀意。

你毫不畏惧地与他对视。

他的声音也跟着冷下来：“如果你觉得可恨，就尽情发泄再杀了我。”

“该恨你的不是我，是这些死者。至于我的情绪刚才已经发泄完了。”你收起枪，“逃避不一定是懦夫行为，但却会失去未来所有的可能性，我决定不让你死。”

你转身朝着破败的营地走去，半晌，终于听见他沙哑的嗓音从身后缓缓响起：“你想怎么样？”

“很简单。”你回身朝他笑了笑，“你很想死，我很想活，那就把你的命交给我吧，在我找到同伴之前，帮忙让我活下去。”

回应你的是一阵漫长的沉默。

你很快把附近的帐篷都翻了个遍，只找到很少的罐头和药。这时雪地里突然传来一声闷响，你连忙回头，看见他居然晕倒在地。

他双目紧闭，倒在血迹斑斑的雪里，像被人踏碎的深红玫瑰。

你费力地把他拖进附近的帐篷，将嵌入血肉的弹片弄出来。

年轻的男人身上滚烫，胸膛急剧起伏，不知把你认成了谁，嘟囔着：“大小姐……”

“喜欢的人？”你轻飘飘地调侃。

他表情发冷，猛睁开眼，龙瞳骤缩，神志不清地死死盯住你。

……好像说错话了。

你的视野突然天翻地覆，竟被对方压在身下。他修长有力的手指卡住你的喉咙，那双流转暗金的龙瞳露出一抹阴冷与幽深。

“你没有资格说喜欢我。”他的语调因恐惧和憎恨微微发颤，“我再也不会被你关在地下室……”

你愣愣地听着，这个人究竟经历过什么？

“对不起。”你放轻声音，“你仔细看看，我不是她。”

“你是谁？”他阴沉地问。

“我是……想救你的人。”你想了想，“这里是边境，你清醒一下。”

说着你偷偷摸向腰间，却没摸到手枪，只有一大把橘子糖。不顾三七二十一，你飞快地剥开糖纸，将冰凉的糖塞入他口中。

按在你喉咙上的指尖力道一松，他垂下眼帘，眸中神采再次黯下。

你叹了口气，继续为他处理伤口，一直忙到天黑，对方才缓缓醒来。

他低声问：“不怕我失手杀了你？”

“我还没等到我的答案。”你回望他，“现在你愿不愿意帮我？”

对方欲言又止。

你语气轻松地说道：“我不会强迫你，救你是我自己的意愿。”

听了你的话，他的表情显得很意外。

“我不会强迫任何人。”你平静地说道，“就算你答应把命暂时借给我，我也不会觉得你是我手里的一件物品。因为你是个独立的人，可以自己判断一切，不是吗？”

他愣愣地望着你，突然眼神一敛，将你压倒在地：“别动，有人。”

军官年轻的面庞近在眼前，表情沉毅，护着你往不起眼的角落里一滚，顺手掀起破旧的篷布，将他与你都盖在黑暗中。

“什么人？”你吃了一惊。

“后续部队，他们会检查是否有幸存者。”

“你的小队被你全灭了，”你在黑暗里抬头，“没有人知道是你杀的，你没必要跟我一起躲。”

“因为我决定答应你。”咫尺间响起对方沉着的声音，“我的命现在属于你了。”

这次换成你惊讶反问：“为什么？”

他示意你息声。有人掀帘，灌入风雪。他将你护在怀里，顺着透光的缝隙朝外看，金眸冰冷，没有一丝感情：“我对他们很失望。”

那些人不久便离开了。

夜晚很快来临，苦寒中难得的一丝温暖往往容易让人懈怠。

年轻的军官醒来，发现你已经依偎着他沉沉睡去。

他愣了下，表情第一次浮现出茫然，最后还是决定乖乖地躺着当个人形抱枕。直到你睡沉，身下那只胳膊才慢慢地抽走。

他将视线定格在你的睡容上，无声地叹了口气，转身走出帐外，将漫漫长夜守住。

第二日，阳光耀眼。

你被外面的阵阵香味勾醒，揉着眼走出帐篷，看见青年军官已换了身干净的黑色卫衣，在篝火上搭了个小锅煮罐头。

他英俊的侧脸在白皑皑的雪景里毫不逊色。你笑着走过去：“有没有人说过，凭这张脸你可以去当明星？”

他认真考虑了几秒，平静地开口道：“我只学过各种格斗和生存技能。”

你在他困惑的目光里扑哧笑出声，顺手摸了摸他的龙角：“开个玩笑，这么认真。”

没想到手感还挺好。

他没有抗拒，默默地挪开视线，将热气腾腾的食物递过来：“没人对我开过玩笑。”

“为什么？”你惊奇地看着他，“那你和朋友怎么聊天的？”

他坐在你对面，平静地垂目擦着枪：“我没有朋友。”

战场上拼命的人，每个都有故事。

“还没问过你的名字。”你掏出一颗水果糖，“昨晚谢谢你打掩护，咱们交个朋友？”

对方擦枪的动作一停，修长的手指覆在漆黑的枪管上，如同镀了一层白瓷，连接过糖纸剥开的动作都变得赏心悦目。

“魏云澜。”

云海波澜，分明是个壮阔的名字，这人却有着最平静无波的性格。

那是 201 城一家平民铺子里最便宜的橘子糖，劣质糖精的味道，甜得发苦。他认真地将它慢慢吃完。你才发现，他把整个罐头都让给了你。

“你也开一罐吃吧。”

“没有了。”魏云澜将捡来的手枪别在腰间，“其他的罐头都被打坏了，如果你想留在这里等，我可以去试试打猎。”

A. 留在原地

跳转2
027页

B. 向前探索

跳转4
029页

6

白雪、国道、边境线……

多年前与魏云澜的一段往事，还有与江沉闻道不明的关系，都是身为探员的你本不曾拥有的经历，可它们竟然如此自然地涌入了你的脑海。

冰冷的海水包裹全身，你冻得战栗，拼命寻找暖源，不自觉地朝着男人的胸膛贴了过去。他下意识地抬起手，将你的脸捂在他胸前，朝着救生艇游去。

“上校！”“小姐！”甲板上的人喊成一片。

你被魏云澜举上救生艇，咳嗽不止，他随后敏捷地翻了上来，急促命令水手往轮船那边开。

你哆嗦着抬起头，见他目光锋利如刀，突然朝你沉沉压来。下巴被那只有力的手再次扳起，你挣脱不及，视线撞入那双龙眸。

“你怎么会叫我阿澜？”他慢慢地深吸一口气，“你的眼神……是从哪儿学来的？”

刚才脱口而出的“阿澜”是真的，可后来的失望也是真的，无论那是不是江沉闻有意输送给你的假记忆，那位年轻军官的变化都让你感到心凉。

——他出卖自己的良知换来军衔，又以婚姻来稳固自己的地位，既然他选择了少数人的“浪漫”，记住那段往事还有什么意义？相认又有什么意义？

被这样一双冰冷的瞳孔注视着，感觉更冷了。你想推开他，掌心还没碰到男人湿透的胸膛，他却先松了手，任你跌坐在皮艇上。

“我怎么会把你认成她？”

男人的嗓音带着几分自嘲，像夜色里隔着一层雾，迷雾渐敛，只剩下捉摸不透的暗沉。

几个女佣慌里慌张地跑来甲板，哄着你回屋换了衣物，擦干头发。

你想从客舱里出去，立刻引来连声阻拦。保姆们哄着你：“大小姐，您未婚夫不在海里，您看上校不就在船上吗……”

你无奈又好笑，执意顺着走廊向前走，视线冷不防多了一抹深沉的蓝。魏云澜已将湿透的制服换下，换了件深蓝的大衣，从灯光的阴影里缓缓走来。他的容貌冷而英俊，这一抹蓝极衬他如今的清冷气质。

恰好你自明亮走向阴影。你们在明暗交界的走廊擦肩而过，如同一支漫长的独奏曲。旋即听见身后响起男人深沉的嗓音：“风凉，送她回房。”

如果永远都是痴傻的大小姐，就不会有翻盘的机会。

“不用。”你冷冷出声，转身望向魏云澜，“我突然感觉很好，不用上校多加关心，咱们之间的订婚，我反悔了。”

周围的人目瞪口呆，连心不在焉的魏云澜也脚步微顿。比起被簇拥的你，男人身旁空无一人，昏黄的灯光映入那双幽深的瞳，形成巧妙的深情与落寞。

“随你高兴。”他轻声道。

心中好似有东西被巧妙地松动，突然有点后悔自己多看他这么一眼，你咬了咬牙，转身离开走廊。

突然有个保姆反应过来：“小姐这一跳清醒了！”

201 城首富家的长女突然清醒了。

这件事立刻成了各大新闻的头条。据说魏小姐清醒后的第二天就去探望了父亲，提出要接管自家公司。魏老爷子听了欣喜若狂，立刻在总公司给她安排了一个高级职位。

“一上任就月入几十万，慕了。”

“肯定是假的好不好？”

“匿名反驳楼上，昨天我在公司亲眼看见魏小姐了，衣品和气质都不错啊，不像疯子。”

你躺在柔软的大床上，翻着评论。

系统显示2301年10月5日20:35。窗外一片灯火通明。这里是你与魏云澜居住的豪宅。

原记忆告诉你，他几乎没有连续住上一星期的时候，总是会找各种理由出差。上次看到他，还是前几天一同去拜访魏家家主，你提出退婚。

从家主由喜悦转为严肃的表情看来，虽然当年魏云澜只是个替身，但如今他的地位已经不容小觑。

当时魏云澜在你身旁站得笔直，平静地说道：“闹了点矛盾，回家一定哄哄她。”

走出来时，正赶上一场落雪，雪花飘落在男人漆黑的制服上。你厌恶那身制服，淡淡地挪开视线。他默不作声地拉开车门。

“不用了。”你平静地说道，“我还要去公司看看，上校先回吧。”

“我不上车。”魏云澜也淡淡回答，“南区最近经常有抗议游行，我去处理一下，这两天可能不回家了。”

“处理指的是枪毙？”你心思一沉。

“大小姐什么时候关心起下等人的命了？”

回答你的却是一声淡淡的笑，男人的声线富有磁性，居然连嘲讽都显得像念诗：“我的司机不是外人，您不必演戏。”

你抬起头，恰逢男人垂目望过来。视线交织，在雪中对峙几秒后，你终于无奈地举手做了个投降状，上了车。

街景在车窗外流淌。男人笔直地站在雪里，伸手摸向制服上的口袋。你以为他要抽烟，却不料上校从口袋里摸出了一颗橘子糖，慢慢地剥开糖纸，将劣质的糖块放入口中。动作熟练得像重复了上百次。

你疲惫地收回目光，靠在后座，吩咐司机：“去公司。”

公司里事务繁忙，一忙就是许多天后才回家。

看了一会儿新闻，你觉得无趣，于是饶有兴致地巡视起这栋房子。这里简直像个华美而深沉的城堡，光是逐一走完各个房间就需要不少时间。

有钱人的生活果然难以想象。

你决定先去往：

A. 地下室 跳转8 047页

B. 书房 跳转7 045页

C. 若已获得线索1.1 跳转10 052页

你在这栋房子里发现两个上锁的书房，分别是魏小姐和上校的。

走进魏小姐的书房，你发现里面居然挂满了陌生男人的照片，照片中的男人与魏云澜依稀有几分相似。

久远的记忆倏忽而来，那是魏小姐发作时尖锐的喊声："都说了他不是这样！你说话要再深沉一点！深情一点！你听不懂是不是？！"

彼时的魏云澜无权无势，只是个低阶军官。

在每个疯癫痴傻的日夜，她强行将魏云澜幻想作自己的爱人，就像多年前她的父亲训练少年那样，她苛刻地要求他的一瞬眼神、一个微笑……都要和她的爱人高度重合。站在魏小姐曾经站的地方，记忆与眼前的场景重合，你仿佛看见虚空中出现魏云澜的身影。他低垂眉目，将怒火隐忍地咽下，一遍遍地将虚假的"我爱你"说出口。

"我爱你。"

"我爱你。"

直至他嗓音低哑。直至她心满意足地趴在桌上，不知不觉地睡去，并未听到他话语微顿，最后四个字已如叹息一般轻。

"我……不爱你。"

你脱口而出："为什么要强迫他一遍遍地说爱你？他明明不是你的爱人——"

声音回荡在书房，你才发现视线落处是虚空。书房外响起脚步声，听见你的怒喝，那人无声地停在外面。

见那人迟迟不进来，你试探地问："谁？"

外面传来女佣怯弱的回答声："是……是我……来打扫房间。"

你答了声好，最后扫了一眼挂满照片的书房，走了出去，想要查看第二间书房，却找不到魏云澜的钥匙。

**获得线索1.1**

跳转回 6（044页）继续探索

8

地下室遍布着干涸的血迹，一把椅子倒在地上，细细的锁链蜿蜒在地。

这里曾经囚禁过一个人。

记忆里，荆棘锁链从椅背缚住男人的双手，被陈年的血染成褐色，蜿蜒垂到地面。他被缚在金属椅子上，薄薄的白衬衣已被抽打得破破烂烂，紧实的腰身线条交织着新旧鞭痕，让人触目惊心。

鞭子正被你握在手中，往下滴血。被捆坐在椅子上的魏云澜缓缓抬起头。

大脑出现几秒钟的空白，你想丢掉鞭子，却发现这只是原主人的记忆。

从父亲手中得到魏云澜后，但凡他的举止惹她不快，或与初恋情人有分毫不符，她就命人将他绑在这里惩罚。等到他的目光终于变得沉冷，他的嗓音终于变得有魅力，她才如梦方醒，突然紧紧抱住他，一遍遍哭着说“对不起”。

唤的依旧是她初恋的名字。

他早就被一道道荆棘锁链缠住，动弹不得，或许……真的只有在这淤泥般的权利场一步步往上爬，对他来说，才是打碎锁链的方法。

他要变得强大且无情，强大到魏家父女不敢再主宰他人生中的任何事。

不对，难道你在同情他？

你努力地晃晃脑袋，让自己清醒，手指却无法自控地朝前探去，指尖触碰到冰冷的锁链，发出声响——

SHOU LIE LIAN REN

狩猎恋人·魏云澜

锁链颤响，惊醒黑暗。

冷意顺着跪在地上的膝盖蔓延，引起一阵寒战。你想要站起，却发现双腿已没有知觉，

脑海中突然被注入一段破碎片段——

绝望的呐喊声在黑暗的地下室回荡，传不出盘旋的阶梯与厚厚的墙，冰冷的东西抵上你的额头。

他来了。

那是一条浸血长鞭的柄端，细腻而光滑的表皮慢慢游过你的眉眼、鼻尖、嘴唇……如同一条漆黑的蛇。你看清男人浸在光影里的身形，他穿着漆黑如夜色的军装，身形修长如同即将出鞘的军刀。

“大小姐。”

低沉而充满磁性的嗓音从黑暗里响起，伴随平稳的呼吸声，那声音愉悦、漫不经心。男人在你面前缓缓地蹲下，金眸深处彻骨的冷，缓缓裹住你的全身。

“狗来咬主人了。”

她亲手将他变成了一条恶龙，而恶龙最终也将囚禁她至死。

这难道就是身体原主人最后的结局吗?

跳转回 6（044页）继续探索

“上校，请你告诉我。”你的声音轻且无力，“你不是那种人。”

魏云澜沉默地注视着你。

他抓起你的枪管，抵在自己的胸前。

“我选的路始终是第一条，坚定不移。”他沉沉地开口，“我的命属于你，以前是，现在也是。”

你痛苦地慢慢闭上双眼：“上校，说一个能说服我的理由……”

“因为我爱你，一见钟情。”咫尺间，滚烫的气流向你覆来，“能打动我的浪漫不是满地繁花，而是在极致的荒芜里，开出唯一一朵花。”

“我和江沉闻早有来往，早就知道今天会有爆炸，所以才邀这些要员来这里。所有人都觉得我回到201城订婚是为了自己的仕途，其实……只是遇到你之后，我看到了另一种抗争的方式。”

听见他的声音，你睁开眼，望着那双金眸。

“我要成为下棋的人，我要双手染血，扎入这淤泥最深处，然后彻底颠覆这棋盘。我若活着，便与这个时代抗争不休；我若死去，压迫者的死讯会成为反抗者最好的鼓舞。

“至于这批孩子，他们的身体已经严重损害，即将狂化，不能再到地面上去了。既然如此，就由我来承担这最后的罪孽。

“自始至终，我都是反抗军的人。”

一字一句，铿锵有力，不曾迟疑。

你在烈火中与上校对视。

炽热的火焰仿佛下一刻就要在他漆黑如夜的制服上熊熊燃起。

他毫不退让，亦不畏惧，沉声道：“如果你想要一个和平年代，我就为你颠覆这个时代；如果你累了，我就带你私奔。”

A. 想要私奔

跳转24

086页

B. 想要一个和平年代

跳转25

088页

两人的卧室，因为男主人的长久缺席而缺少温馨。不过，这对你来说却意味着自由自在，可以在大床上滚来滚去。

很幼稚，但你偏喜欢。

尽情滚了一会儿，才发现床边不知何时多了一道修长的身影。他站在床边，居高临下地注视着床上的你，俨然已将你刚才的幼稚鬼模样尽收眼底。

你尴尬地坐在床上："事情忙完了？"

"大小姐今晚怎么有兴致在床上打滚？"偏偏这人不依不饶，"我听人说，你今天把家里转了个遍，简直像个初来乍到的平民。"

你佯装没听懂，不悦地答道："我病刚好，逛逛自己家怎么了？"

在他意味不明的注视下，你缓缓打理好衣发，又将被褥弄平整，无意间在床头下翻到一条细细的微型荆棘软鞭。

你将它攥在手里，脸上露出不可置信的神情。

这东西又是从哪来的？为什么她要把这玩意藏在床下？

魏云澜平静地望过来。你企图辩解，刚刚张嘴，就被他放低的嗓音打断："我明白了。"

你愣愣地看着他。

魏云澜开始解衣服。

他的军装样式极烦琐，先是外面的皮革武装带，再是漆黑的制服外套，再露出洁白的内衬……当他平缓地解到衬衣的第二颗纽扣，露出领口下修长的脖颈时，终于被你出声叫停。

过度错愕下的你居然说不出话来。直到男人低沉的嗓音再次响起："这次的惩罚，就是这样一直盯着我？"

你终于回过神，意识到他指的是你手里这条玩具似的鞭子，连兔子都抽不痛。在魏小姐失去自理能力后，有时还嚷着要惩罚他。每当她闹得厉害，魏云澜就塞给她这条假鞭子，骗她用这个发泄怒意。

原来看到你在床上打滚，他以为你发病了。

怎……怎么办？难道要试试？

你决定……

A.试试
跳转13
058页

B.当然不可以试
跳转12
056页

你静静等待着，在心里倒数：三、二、一……

18:30。蓝莹莹的电子屏障倏忽笼罩了这片街区，形成半透明的虚拟墙壁。

"开始爆破。"冰冷的电子音响起，整栋研究所都沦陷在爆破声里，连同早些时候进去的魏云澜，还有一众高级官员，都被困在火场深处。

你将面罩拉下，全副武装地潜入火海。忍着高温在火焰里穿梭着，你一间一间地查看实验室，它们都已经被这场爆破严重毁损。

在匆匆搜查的过程中，你与许多逃窜的人狭路相逢，可他们都不是魏上校。

他在哪？你继续疯狂地在火海里翻找着，死去的、残喘的……每一个都不是他。

再深入，再深入。

地下传出孩子的哭声，你匆忙闯入更隐蔽的实验室，不禁被眼前的一幕震撼。火海中竟然满地尸体。死者当中有高级官员，还有半人孩子，他们全都不可置信地睁圆了眼，倒在血泊中。

孩子们……

最坏的猜测已然有了答案。大脑里嗡嗡作响，所有的火焰都化作风暴，灼烫地朝你迎面扑来，再次冲击着你的信仰与爱。

唯一活着的孩子哭着缩在角落，对着向他逼近的人影求饶。魏云澜的制服已多处破损，烈焰在他的金眸里流转，他的动作冰冷且麻木，正缓缓地朝着孩子抬起枪口。

当年那个与你讨论战争的军官，最终也变成了恶龙，罪恶周而复始。

"求你，求求你……"

“你已经是狂化者了，抱歉。”上校背对着你，嗓音低沉，你看不见他此刻的表情。

枪声响起，孩子倒地。

不知是因为被烟熏了太久，还是情绪牵扯心脏，每次呼吸都引得五脏六腑剧痛。你站在他身后，也慢慢朝他抬起了枪口，想要用坚定的语气出声，出口却是不争气的哭腔：“上校……”

魏云澜微微一怔。与想象里的冰冷面容不同，他的神色疲惫，像极了雪原初遇那次——年轻的军官对战争感到绝望，朝你抬起金色的瞳孔，眼神破碎。

“你怎么来了？”

他朝你疾步过来，语气第一次彻底失了从容，甚至沉沉中升起怒意：“是跟着我来的？你不知道这里多危险吗？快点出去——”

你的手被他一把抓起，不容分说地被牵着朝外走，那力道太重，攥得你手指发疼。

你慢慢抬头与他对视。被你眼中的绝望与疲惫震撼，魏云澜眸中的神采震了震，不由得松开了你被攥疼的手。

“上校，”你尽量笑了笑，让自己显得不那么狼狈，“还记得我说过什么吗？要是你选了第二条路，我会毫不犹豫地……杀了你。”

你以为你坚定到可以坦然面对这一切，可事实完全不是如此。

你以为如果自己并不及想象里那么在意他，最后的失望也就不会这样强烈。

A. 开枪
跳转23
083页

B. 不开枪
跳转9
050页

你打了个哈欠躺下，打开一盏助眠的香薰小灯："我要休息了。"

本以为以魏云澜对未婚妻的厌恶程度，他会求之不得立刻转身出去，但你却迟迟没听见他离开的脚步声，于是忍不住先睁了眼。小灯的光映入男人的眼眸，微微一点光，为他的眼神染上一层暖意。

他动作自如地取了深灰色的睡衣，又从容地折回床边，想要换上。这怎么又和记忆里两人的相处不一样？这些年来，魏上校分明连这间卧室都没进过几回，更别提躺在这张床上和厌恶的女人同床共枕。

小灯将男人修长的影子映在墙上，你默默地看着那接近的影子，最终掀被坐起身来："上校，虽然父亲没同意，但我已经正式向你提出解除婚约了……"

男人正徐徐抬手，要解开衬衫上最后的纽扣："哦？"

你觉得自己有点语无伦次："如果你不是受虐狂的话……"

男人愈发饶有兴致："如果我是呢？"

你噎了下。原来住在这栋豪宅里的一男一女都是变态。

你默默下床，朝着卧室外走去："那我就离开好了。"

说完这话，你与他擦肩而过。暗淡的光影里，他静静地看你，眼里的神采好似一时燃尽的沉香屑。手腕突然被他轻轻抓住，你下意识地一挣，他倒也立刻就松了手。

"你睡吧。"他的嗓音又恢复了平静，"开个玩笑，我当然不会和你睡一床。"

男人迈步走出卧室。他将制服外套搭在臂弯，伸手朝口袋摸去，你以为他依然要摸出一颗橘子糖来，却不料这次是真的香烟。

你："……"

上校顺着走廊朝远处走去，他将烟衔在嘴里，朝着打火机一低头，点燃了。那一缕烟，如山间薄雾似的散去，同样散去的还有一句压低的“晚安”。

第二天，家里的用人告诉你，他一大早就走了。生活又恢复了平静。你依然忙于总公司的事，努力表现给董事会看，常常在公司里待到深夜也不回家，靠着咖啡和泡面度日。因为亲民的作风，你的好名声很快就在公司内外传开了。

而另一方面，你开始有意在上流社会的社交场合频频露面，扩大自己的交际圈，以便日后需要。在这段时间里，魏云澜始终与你若即若离。他将枪口转向狂化的半人们，在家属们的哭喊声里将其击毙——在北区，“魏云澜”这个名字早被当作吓唬小孩的词语。作为未婚夫，他偶尔才回家，却在你的刻意安排下，频频与你错过。

接下来你打算专注于：


A. 职场
跳转14
060页

B. 社交场
跳转16
066页

C. 若已获得
线索1.2
跳转17
069页

13

当然要试试，不然怎么发泄失望与怒火。

你想装出气势，却发现身高实在悬殊，只好命令他坐在床上。软鞭划破空气，抽在男人的胸膛。对面传来男人低低的一声“唔”，似乎承受了不小的痛苦。

魏云澜坐在床边，微微垂目，掩下金眸里的思绪，俨然一副等待着下次疼痛降临的模样。

“很疼？”你有点怀疑。

魏云澜没有正面回答，只低低地说了句：“大小姐，不尽兴可以继续。”

他明明无论遭受多大的痛苦都一声不吭的，为此魏小姐还发了好大的脾气。她越歇斯底里，下手越重，换来的是男人越发的沉默。

上次见面他还嘲讽你惺惺作态来着，怎么今天就变了样？你叹了口气，朝男人靠近：“让我看看……”

魏云澜低垂视线，不经意间留意到了床下厚厚的羊绒地毯边沿。他不动声色地用靴尖拨了下。

地毯翘起一角，好巧不巧被你踩到，脚下失重——

身下又飘来低沉的闷哼，伴随对方的呼吸，温热的气息吹到你的耳垂。你的掌心按在他发烫的胸膛，随着身下人的呼吸慢慢起伏。

这是……

你身子一僵，触电般地将手挪开，却又不小心触碰到魏云澜的腹部，那里手感紧实，线条分明。指尖划过凹凸不平处，那是许多新伤与旧伤，对方的呼吸猝然沉了些。

“你摸的地方。”他平静道，“的确很疼。”

陈年的旧伤在男人的身上留下淡淡的疤痕，如同淡淡的一抹胭脂红，衬得他的肤色如同冷光下的瓷。他淡淡地注视着你的双眼，反而让你有种被禁锢的错觉。

这奇怪的展开是怎么回事？

你很快恢复冷静，从他身上爬起来："咱们还是正常一点吧。"

跳转12（056页）

14

难得提早下班。路过以前常去的糖果铺子，你想买点橘子糖吃，突然被一位男同事叫住：“这么巧，你也喜欢这家的糖？”

你只好和他并肩穿过马路，走进店里选糖。对方时不时地朝你这边瞥过来。被这样的眼神注视着，你变得兴味索然，随便抓了两把橘子糖想结账，却又被男同事拦住：“怎么能让美丽的女士花钱呢？”

这又是几十年代的搭讪台词啊……你不想欠下这点小小的人情，正要去结账，突然被人轻轻拽住了衣角。

你回过头，发现是个脏兮兮的流浪半人小孩，他正用渴盼的眼神望着你：“姐姐、哥哥，给点儿……”

没等你说话，小孩就被男同事一把拽开，他严厉地斥道：“摸脏了你赔得起吗？”

你心里有股冷意涌上来。对方浑然不觉，甚至还要献媚地俯身过来拍拍你的大衣，一手作势要拿走你的糖袋子——

玻璃门被人推开，风铃轻轻作响，灌入夹杂细雪的冷风。你打了个哆嗦朝门口望去，却看见了魏云澜。他内里穿着漆黑的制服，外面加了那件深蓝色大衣，一副风尘仆仆刚回城的样子，身上还沾着一丝危险的硝烟味。

他淡淡地看了眼脏兮兮的小孩，平静地系好大衣纽扣，将制服藏在大衣下，这才向你们走了过来。这副派头倒让他像哪里走出来的大明星，突兀地出现在这家小店。你没由来地想起一个词，蓬荜生辉。

魏云澜的视线越过男同事，定格在你们手里的袋子上，他若有所思地笑了笑：“橘子糖？”

男同事看见那金瞳龙角，立刻变了脸色，找借口跑了。你轻咳一声："总看你吃这个，我也来尝尝……而已。"

"南区批发这种糖的铺子仅此一家，能找到真是辛苦大小姐了。"魏云澜顺手拿过你手里的塑料袋，将它放在电子秤上，悠悠说道，"怎么能让女士付钱？你想吃，我把整家店的库存都买下来，如何？"

相当熟悉的一句话，还有点儿争风头的意思。偏偏他嗓音动听，平静自在得令人发指，好似徐徐吹过来的雪风，让人觉得这个季节本该如此，冷中偏又带着丝丝人情味，相比之下，毫不突兀。

这又是从哪听到的古早霸总台词啊。

"不用了，这样我恐怕会在牙科诊所开个 VIP。"你硬着头皮笑笑，"今天这么早就回城了？"

魏云澜"嗯"了声："大小姐也是？"

你默默点头。

他又挑了些小朋友会喜欢吃的糖。"流浪在外，遇到恩惠的时候想必不多。"他淡淡叮嘱道，"省着点吃，藏起来，别被抢走。"

孩子惊喜地接过，雀跃地跑了出去。魏云澜静静地目送孩子的身影消失在街景中。想必他也是如此熬过来的。被欺负、被争抢、被践踏，然后在淤泥里拽着那一线机遇，苦苦挣扎。

上了魏云澜的车，你望向窗外，心情复杂。

"给我一颗。"你疑惑地转过头，看见他平静地伸手，"只顾着你，我自己忘了买。"

你惊讶地睁大眼。居然很意外地被戳中了笑点，或许最好笑的莫过于——引发笑点的人偏偏自己是个死脑筋，没有意识到好笑之处。

魏云澜全程倒是很从容，他从你手里接过糖块，慢慢地剥糖纸。

"半夜少抽点烟，下次想抽烟的时候就吃糖吧。"你劝了句，"十个总裁九个胃病，八个身上有烟草味。”

“我不是总裁。”魏云澜若有所思，慢吞吞地答道，“我是上校。”

你迷惑地看着他。他朝你瞥了一眼，无可奈何地叹气道：“我在开玩笑。”

“哦……”你点点头，“哈哈。”

“还有，”他笑了笑，“居然知道我抽烟，看来那天你偷偷目送我？”

你：“……”

轿车缓缓驶过某处街区，许多人组成队伍，愤怒地拉起横幅在街上游行。

“魏云澜还我家人——”“请求处决杀人犯魏云澜——”

司机惊呼：“上校！”

“往前开。”魏云澜的嗓音听不出情绪，“不用理。”

路边是几年来被击毙的狂化者的家属们，他们正悲愤地联合在一起。

“啪嗒！”石头冷不防地砸向你这边的车窗，魏云澜迅速朝你俯来，身上还沾着好闻的橘子香。你被他迅速护住后脑，往回一带，身体立刻朝他倾斜，几乎要将侧脸贴到他的胸前。

“别抬头。”他的嗓音沉而凉薄，“别在这里和我扯上关系。”

人人都畏惧魏云澜。人人都不想与他扯上关系。

“啪嗒”的声音愈发急促，人们愤怒地朝着轿车扔石头，一道道憎恨的视线，恨不得将他生吞活剥。

没人敢真正上前拦车。车窗能阻挡愤怒的石块，却不能挡下那些恶狠狠的咒骂声。魏云澜的脸上没有表情。近距离看，这张脸比当年更加英俊，经年风霜为他的面庞镀上了一层刀子般的冷意。

轿车缓缓驶过汹涌的人潮，摆脱了游行队伍。

你心中五味杂陈："你本有能力在这个时代做英雄……"

"大小姐，从不久之前起，你和我心心念念的一位故人像极了。"魏云澜朝你懒散地抬眼，笑了笑，"曾经我在最绝望的时候遇见她，被她稀里糊涂地拐上了一条船。那时候，她问过我一个问题——"

你心中一惊，与他对视。

"而我的回答，始终是第一种。"他缓缓出声，铿锵有力，"不是所有的英雄都要接受崇拜。"

跳转回12（056页）继续探索

人生中往往有几个令人迷离的夜，却往往只能有一个让人迷离的人。对你来讲，这样的迷离只需要一次就足够了。

“不相认，因为有些事我不能告诉你，”你的双手轻轻抚上他的胸膛，声音很轻，推开他的力道也很轻，“我也有自己的事情要做，到时候我们恐怕不是一路人。”

魏云澜的身子微微一僵。

——你们都不同当年。

他终于慢慢松开你。暖意也随之缓缓离开，寒风吹来，你微微发抖。他无声地解下大衣罩在你的肩上，衣料上传来熟悉的温度，鼻腔里又嗅到了浅浅的烟味，还有一丝丝橘子糖的香。

远处，孩子们手持细细的烟花棒，欢笑地跑着。

“很小的时候，我以为每个人都有无忧无虑的童年。”你轻声说道，“长大之后，我才发现……实属不易。”

“你在羡慕那些孩子？”

你不知该如何答，却看清他眼里微微的笑意：“想要的话，我弥补你一个。”

你愣愣地问：“怎么弥补？”

“回来时路过商店，看见有卖。”他望向那些孩子手里的烟花棒，“小孩子喜欢的玩意。”

“你买回来了？”你期盼地问。

“没有，”魏云澜笑了笑，“早知道你喜欢，我就应该把所有的库存都让人运回来。”

这人的笑话还是那么冷。你无奈地笑笑，却又听他问：“我们现在就买，如何？”

难得一丝玩心被点燃，你正准备回身下楼，却发现对方并没有回屋的意思。烟火倒映在魏云澜的金眸里，难得映出丝丝流光溢彩，他突然利落地跃上栏杆，在你惊讶的目光中跃了下去。

“喂！”你睁大了眼，冲过去往下看，“这里是二楼——”

忽然想起……对于他这种训练有素的半人，二楼好像着实不算什么。魏云澜稳稳地落在地面，如大型猫科动物般敏捷无声。他后退几步，仰头朝你望过来，认真地张开双臂。

“来，我接住你。”

这一刻的魏上校好像是十五六岁的少年，鲁莽又不顾一切，想带着喜欢的女孩从豪门私奔。罢了，成年之后又有几人能陪你幼稚一回。

“那你接住我啊——”于是你也攀上栏杆，深吸一口气。

后面突然响起保姆惊恐的声音：“呀，大小姐！”

你已奋不顾身地栽入夜风，一眨眼间，就跌入了男人结实的怀抱，再朝他抬眼，正对上他满载柔情的目光。

这样的姿势太过亲密，他的嘴唇几乎要轻轻蹭过你的耳朵，低沉的嗓音也直接飘入耳中：“至少在今夜，让我带你私奔，好吗？”

天台上多了几个慌慌张张的用人，他们目瞪口呆，见鬼似的看着自家上校：“上……上校带小姐跳楼了……”

你忍不住偷笑。至少这一刻，谁也无须顾忌身份，谁也不用考虑立场。

跳转21（078页）

想要崭露头角，就免不了与权贵来往。

今天的日程，你要先和几位小姐在茶楼吃早餐，再欣然赴几位贵公子的约，前往外城区打猎——在保镖的护送下，骑上最新研发的机械马，拿着枪，狩猎游荡的机器人或狂化者。

对于平民来讲，外城区极度危险，但高官权贵子弟在长期优越的条件下，竟将外城区当成了刺激好玩的狩猎场所。

眼看快到十二月，城里雾气很浓。你被服务生引入古色古香的二层楼，还没拐进包房，就一眼瞥见绣金屏风后坐着个男人——标志性的金眸与龙角非常醒目。

桌上摆着几盘精致的茶点糕饼，男人从容地拿起其中一块咬了一口。他今天难得没穿制服，而是换了件白色毛衣，外穿一件灰色的羊绒风衣，西裤衬得双腿修长。他双腿交叠，漫不经心地坐在桌旁，姿态慵懒。

你心想：这件风衣似乎有些眼熟。

魏云澜选的位置可谓巧妙，要拐进包房就必须路过他身旁，你硬着头皮走了过去，客客气气地向他问了声好。

“早啊，上校，衣服不错。”

“早。”男人抬起眼，朝你笑了笑。

“我跟人约好来吃早餐，先去了。”你也笑笑，不等他多做回答便拐进了包房。

人齐了，席间大家便热热闹闹地聊开了，谁购置了名牌，谁看中了一个不错的男人……你默默地喝着茶，偶尔笑着回应，听见身旁有个小姐感慨：“不错是不错，可惜又是个卑贱的半人，也就是长得好看——”

你轻咳一声："卑贱？"

席间静下来，有些尴尬。虽说魏小姐平日里也参加一些社交活动，但毕竟精神状况不好，大家平时只是带她玩玩，却并不真正考虑她的看法——何况魏小姐本身也瞧不起半人之流，包括她的未婚夫上校。

有人连忙笑着打圆场："上校一表人才，怎么能和北区的那些半人比呢……"

你慢慢地喝了口茶，瞥向包房外。音量这么大，看来他们并不知道魏云澜也在。

门敞着，能看见外面的散座，上校本人就坐在斜对面的屏风侧，将那些话一字不漏地听了个清楚。他连眉头都没皱一下，仍慢悠悠地喝茶吃糕点。

"我最近不爱听这种话。"你淡淡地说道，"别说了。"

人影一晃，挡了下你的视线，原来是个富家公子哥走进来了。席间很快换了个活跃的话题。那位公子哥神气十足地说着自己打猎时的情景，听得周围的人连连惊叹。

"对付那种人形机器人，就要用子弹瞄准心脏位置，那是放芯片的地儿。一枪就打碎基本不可能，你得多开几枪——"

你默默地听着这些军中的基本常识。对方眉飞色舞，甚至还要邀你手把手比画开枪动作："魏小姐还没摸过真家伙吧？到时要是嫌沉……"

你不动声色地躲了下，见对方不依不饶，才轻轻一笑："倒也不是手无缚鸡之力，不然就不会选阿……选云澜当未婚夫了。"

只想着赶紧把魏云澜推出来当挡箭牌，差点又把阿澜脱口而出。你有意温柔地将"云澜"二字加重。对方微微一愣，突然打了个寒战。

众人莫名悚然，就在包房这一瞬沉默的空当，一声极轻的笑飘入耳中。好似很远，又好似贴着耳边。像清清冷冷的雪，落在指尖一碾就没了。

你疑心是错觉，再转头朝着斜对角的方向看去，屏风旁却已空无一人，桌上的茶点倒是干干净净都吃完了，毫不浪费。

这边菜点得多，众人终于觉得撑，于是抛下满桌菜张罗着去郊外。

冷风刺人，废弃的铁路在阳光下泛起银亮的细光。在保镖队伍的护送下，你们拿着枪一路朝前，果然能看到零散游荡的机器人与狂化者。几位公子哥激动地端起枪，企图在女士们面前表现自己的威风。

枪响惊起飞鸟。说狩猎，其实是所有人对着某个猎物集火，还不时需要保镖来补几枪，才勉强能击倒一个。你的枪几次抬起又放下，心中五味杂陈。

那些半人曾经被投放于战争中为人类效力，他们曾经是谁家的父亲或母亲。如今却像雪中的孤魂野鬼，杀死别人或被人杀死。

女士们突然发出阵阵尖叫，保镖们惊呼撤退，公子哥也骇然失色。四面八方居然围来许多机器人！胜券在握的猎人们突然变成了被围猎的对象，有人吓得直掉眼泪。

保镖们连连开枪，却没能击中机器人的核心："快，快通知附近巡逻的执行官！"

机器人已经涌来，你决定：

A. 举枪瞄准
跳转19
074页

B. 发送求救讯息
跳转18
073页

17

不知不觉竟临近新年。你与魏云澜依然住在一起，彼此间的关系却逐渐没那么僵了。不难察觉，对方早已发现了你皮囊下的身份。

当时在书房外，那奇怪的脚步声，想必正是早早回来的魏云澜，将你那一声冷喝听了个清楚。为了求证，你拉拢那位女佣，终于得到她的回答："当时上校站在书房外，听见您问话，就要我替他应……"

你宽慰地笑笑，表示并不责怪她，还给她加薪，委托她去孤儿院探望那个孩子。当时看着他……你总是会想起同样出身的魏云澜。

经过两个月的频繁探望，女佣与那孩子渐渐熟络，你便经常能了解他的近况。原来魏上校也常常派人给各大孤儿院捐款，这一切举动却极低调。

冷酷无情的南区军官给半人的孩子们捐款，这似乎是一件不可思议的事。

本以为日子会这样暂且平静下来，女佣却带来一个消息。

陆陆续续有孩子被201城的富人们接走，孤儿院里渐渐流传开一个可怕的传言：那些被"收养"的孩子，其实都被秘密送到了南区那个研究所，成为基因试验的牺牲品！

你心中一惊，想到两年前T国被"普罗米修斯"曝光的基因实验丑闻，正是他们制造出了第一批有狂化缺陷的半人——在社会秩序重新洗牌后，工业城的命脉就开始掌握在各大资本家的手上，他们与官方合作，赞助这项基因实验。

可是……这怎么可能？南区那个研究所，不正是二月十号遭遇爆炸的那个？可它明明只是个正统的实验室……难道你所效忠的官方也在进行这种丑恶的实验？

你想起当年魏云澜的那支部队，他们的任务就是消灭逃亡的潜在狂化者。难道江沉闻是想用那段记忆告诉你，你们之间没有一个是无辜的？

官方向来纷争不休，连部队也分成许多派，至少你以为你信仰的这一支不会有错，才决定接受解铃任务。

那你的信仰、你的任务究竟算什么？

你努力地晃晃脑袋，眼神迫切："这些话是从哪传开的？"

"是……是从那孩子口中，"女佣犹豫地答道，"他说是魏上校偷偷告诉他的，可他一不小心就说出去了……"

你心中一凉，想起魏家有个秘密。年幼的魏云澜在发现真相后，不惜一切代价也要逃离。所以他才执意把那孩子送进孤儿院，并且不允许他被领养。

这么说，成为夫婿的魏云澜早就知道研究所的秘密。相比之下，早年就痴痴傻傻的魏小姐还反而显得身在事外。

你疲惫地摇摇头，想让她先去休息。虽然目标变得迷茫，但日子还要一天天地度过。

不久前，魏云澜去远方出任务去了。

新年前夕，街上已有人点起烟火。你深夜下班，踩着满地爆竹慢慢地在街上走着，听见巡逻的执行官闲聊。

"听说魏上校今晚要回城了""他不是每年都找理由不回来吗？今年还真反常……"

心里好似聚起闷闷的阴云，却迟迟盼不到那场发泄的大雨。你在女佣担忧的目光里推门走进卧室，一头倒在床上，衣服也忘了换，不知不觉地睡了过去。

醒来已是凌晨两点。你有些口渴，路过露天阳台，却不经意间看到小灯融融地亮着。男人一副风尘仆仆刚回来的样子，还没脱下那身漆黑笔挺的制服，只在外面披了件御寒的大衣，静静地倚着栏杆抽烟。

香烟被他夹在修长的指间，一点猩红微光，仿佛街区迷离的光华，却寂寥得可怜。

原来这栋房子里还有另一个人睡不着。

你很少有行动快于思考的时候，但在反应过来的时候，你已经推开了天台的玻璃门，轻声说道："晚上好，上校。"

"这么巧，大小姐也失眠？"魏云澜早就听见脚步声，眼里含着淡淡笑意望过来，转头看清你的倦容，他罕见地微微一愣，上前半步扶住你的双肩，语气也紧张了几分，"怎么了？"

难过的时候最怕有人问这句话。男人靠近时，他身上的烟味携着微微的寒凉，一并淡淡地席卷过来，如同雾霭笼罩荒原，倏忽让你的心思也难得迷离了几分。

你摇摇头，倚着栏杆："心情不好，陪你看会儿外面吧。"

魏云澜终于意识到自己的失态，他无声地收敛了眸底深处的情绪，安静地陪你在夜色里远眺街景。

"新年快乐。"你出声，"那时候你不在，没办法祝福你，现在补上。"

"新年快乐。怎么不给我发讯息？"魏云澜抽了口烟，笑了笑，"我那时在202城支援作战，盯了一天通信记录，如果你能给我一句节日祝福，我会很高兴。"

"你就不怕我是群发？"你抬头看了他一眼。

恰好他也淡笑着望向你："群发也高兴。"

简直像个小孩子。谁能想到，让人闻风丧胆的上校，居然会因为某个人的一句群发而高兴呢？

“我倒是觉得，”不知不觉，你的心情竟也好了些，悠悠说道，“有些话一定要当面说出口，才显得意义非凡，不是吗？”

魏云澜眼眸深深地朝你望过来。

话音刚落，一声响亮的炮火猝不及防地在上空炸开。

多年的作战经验使你反应迅速，立刻本能地寻找掩体，正转身，冷不防被男人一把揽过肩膀护入怀中，他的嗓音沉着而急促：“小心……”

侧脸紧紧贴着大衣下的制服，嗅着淡淡的烟味，感受到对方胸膛的温度，你先愣了下。

夜幕下，盛大的五色烟花点亮了城区。原来只是虚惊一场，并不是爆炸。

你下意识地轻轻挣扎了一下，他却没有放手。“还要跟我玩这场角色扮演的游戏吗？”他声音低沉，仿佛风雪夜归的旅人，“还不承认是你？”

午夜的风更冷了，而男人胸膛的暖意，让你想起雪原那夜。

A. 推开他
跳转15
064页

B. 不推开
跳转20
077页

18

请求支援！

你拨弄手环，想要调动郊外巡逻的执行官，突然听见周围传来惊叫声。

还没来得及发送，一个机器人就直直地朝你扑来——

END

失误

提示：再给你一次选择的机会，跳转回16（068页）重新选择。

来不及了。你沉下心，骑在马背上，缓缓眯眼瞄准机器人的心脏位置，按动扳机。

远处却响起了另一声枪响。两枚子弹同时射穿敌人的心脏，机体哗啦碎裂，芯片失色，机器人摇摇晃晃地倒了下去。雪原里的几个人影快速冲了过来，他们同样骑着高大的机械马。

众人先错愕地齐齐看向你，又朝前望去，是几个执行官。领头的那个男人生着漆黑龙角，身姿最为飒爽利落，他今天没穿制服，灰色风衣随风猎猎吹起。他一手持枪，沉着地在马背上缓缓抬起，甚至不需要多加瞄准。

“砰！”枪法极稳准，甚至不需第二枪，子弹已毫无偏离地射穿芯片。“砰砰”几声后，后面机器人逐一倒地，众人目瞪口呆地看着魏云澜。

“别愣着！”你抬起枪也朝向另一个机器人的心脏，一枪将其击穿。众人如梦方醒，跟着笨拙地开枪。

待魏云澜近了，机器人也横七竖八地倒了一地。这边的公子小姐们满头大汗，像经历了好一场生死厮杀，而上校与几位副官的神情始终平静，仿佛只是顺手解决掉几只蚂蚁。

常年厮杀战场的男人，因时刻行走在刀尖，就算脱下军装，他的风度也截然不同于城里的公子少爷。在场的女士们呆呆地看着魏云澜。

他目不斜视地骑马过来，独独在你面前停下，从容地伸手过来，替你将一绺吹乱的头发拨到耳后。他目光平静，动作倒是不太熟练，看来并不曾主动接近异性，那绺头发刚被生疏地拨上去，又很快被风吹了下来。

“今天难得休假，怎么来外城区巡逻了？”你打量了他一眼，“还穿着这件江……这件不便行动的衣服。”

你刚刚想起，这是江沉闻接你离开时穿的风衣——能这么准确地找到多年前的同款，比美似的在你面前晃来晃去，看来那次“不告而别”也并不是那么坚定。

“本来是要好好休假，”魏云澜也笑了笑，“听说你们要出猎，突然手痒，试试能不能巧遇。”

哪有同一天巧遇两次的。

男人在新闻里的照片中皆是冷着脸，此时朝你不经意地勾唇一笑，立刻犹如破冰暖阳般耀眼。见女士们的注意力都被吸引，有个公子哥不甘被冷落，想和魏云澜客套，魏云澜的目光却越过他，扫了一眼其他人，说道：“回去。”

在外人眼中，他漫不经心的一句话即是旨意，他无意淡淡扫来一眼即是垂怜。众人缩了下脖子，灰溜溜地互相招呼着往回走。

临近工业城，你发现副官的马背上还载着个怯生生的半人小孩。你看看孩子，又看看魏云澜：“你有儿子了？”

孩子惊讶地睁大了眼，拼命摇头。魏云澜骑马在侧，似笑非笑：“我是他爸爸，你就是他失散多年的妈？”

你：“……”

魏云澜不依不饶，眼神里满是慈爱，他淡淡地吩咐孩子：“来，叫妈。”

你连忙投降：“我错了。”

原来这孩子是邻城的流浪儿，听说运气好的小孩会被201城的有钱人捡走收养，于是偷偷乘车想入城，不料半路遇袭。魏云澜救下这孩子，一句话就破灭了他被收养的愿望，然后命人送他去孤儿院生活。

虽然你至今不清楚魏家的“秘密”究竟是什么，但想到那些无故失踪的孩子们，料想被收养也并不是一件好事。看着孩子吓破胆的样子，你深深怀疑那是与“吃人上校”有关的威胁。

**获得线索1.2**

跳转回12（057页）继续探索

20

你的掌心缓缓抬起，放在男人的胸膛，感受着他呼吸时慢慢的起伏。你知道，自己只需轻轻一推，就可立即结束这个看似强势的拥抱。

但你没有。

你闭上眼睛，将脸贴在魏云澜温暖的胸膛上："上校，我是不是应该改口叫你阿澜了？"

"随你高兴。"他慢慢地抬起手，指尖轻轻抚过你的头发，极轻地笑了一声，温热的气息吹过你的脸侧，悄然拂起缠绵的暧昧。

"还记得吗？我的笑容很值钱。"

你轻轻应了声，感觉连自己的声音都要融化："上校想让我怎么支付呢？"

他揽着你的腰，无声地迫近半步。铁制护栏被冻得如顽固的冰，你的脊背隔着衣料，不小心抵了上去，只觉得那寒意如电流丝丝入骨，一刹那的寒战，你不自觉地轻轻出了声。

脸上突然烧了起来，分明在寒风里，你却热得好似要沸腾，想必已是满面通红。你再抬眼向男人望去，却见他垂目注视着你，英俊的脸庞靠近，嘴唇沉沉覆来。

然后，便再也说不出话来。

越是清醒的人，糊涂起来越是严重。

可人生难得有几回糊涂。

**获得线索1.3**

**跳转21（078页）**

21

“最近小姐和上校的关系特别好……”用人们窃窃私语。

这些天，魏云澜没有频繁出任务。天气好的时候，你们一起去了趟游乐园。于是当天的游乐园立刻成了热搜词条。

# 魏上校与未婚妻出现在游乐园 #

在接下来的几天里，同类的词条又出现了许多次，只不过场所换成了餐厅、公园等等。

有时候你会有错觉，这种和平的日子会延续下去。

不过……不太可能，你知道不久后的一场爆炸会改变一切。

爆炸那天，研究所会摧毁反抗军提前埋下的炸弹，江沉闻会同时在部分地区竖起电子屏障，自立解放区。而魏上校当天恰好负责巡视研究所，他会在爆炸中身受重伤，之后投降反抗军。

你已经下定决心。爆破当天，你要潜入研究所，如果里面真关着那些无辜的孩子，那就意味着魏云澜不无辜，或许这就是他的生存方式，抓住一丝生机，苦苦支撑。

时代如此，无法说清对错，可相处的一幕幕总是涌上心头。你无数次想将未来直接告诉他，又无数次在面对他的时候沉默下去。

不可以。

不可以因为喜欢一个人就放弃自己的原则。

日子仍一天天过去。

你以旅游之名提前离开，以便去准备装备，好到时候潜入研究所。

不久后，你开始以另一个身份游走于黑市，购买装备。独自忙碌的时候，你总会想起关于魏云澜的一幕幕。

离开那天，你们曾沿着寂静的街道向前，路过古董电器行，你被玻璃窗后的电视吸引，里面正播放着老电影。

看了一会儿，魏云澜又习惯性地从制服口袋里拿出一支烟，但刚衔在嘴里，还没点燃就被你抽走，还往他手心塞了一颗冰凉的橘子糖。

你不动声色地将烟朝着垃圾桶一抛。魏云澜乖乖吃了糖，转过头看你，突然笑了："你不是说过要养我？要是战争过去，我们都活着，你会不会兑现诺言？"

你愣了下，别过目光："我那时只是帮你翻译台词……"

魏云澜依然微笑着看你，他的笑意隐约不同往日，像是航行在沉沉雾霭里的轮船，明知自己即将靠岸，结束使命。

于是他连掩饰都懒于掩饰，没有深沉，没有遮掩，只是纯粹地笑着看你。

被这样注视着，你难以再开口。

"当年我看到他来接你，看见他，你很开心。"魏云澜轻声道，"我没有勇气走过去。"

你回头朝他望去，看见荧幕里淡淡的蓝光映入他的金眸，将深沉的气息冲得很淡，仿佛你们仍站在黄昏时分的出租屋里，他对着你继续说道："当年我没有足够的能力和自信能对你好好告个别，或请你留下。"

"现在呢？"他笑了笑，放低声音，"迟了这些年，我还有没有资格？"

连橘子糖的清香都一模一样。你一时恍惚，张了张嘴，又突然被冷风吹得打了个冷战，想起眼前的男人不同往日，终究没有回答。

忙碌了这些天，终于到了“普罗米修斯”竖起屏障的日子。

2302 年 2 月 10 日，下午 15:30。

你站在街角，默默地目送魏云澜的轿车驶离街区，前往研究所。

不知不觉间，你竟又回到了这栋熟悉的宅子前。

A. 已获得

线索1.3

跳转22

081页

B. 未获得

线索1.3

跳转11

054页

22

好像还有什么事没做。

你慢慢地摸向口袋，碰到了一把冰凉的小钥匙——魏云澜书房的钥匙。

那天，在天台上相拥的时候，你无意间摸到了他腰间的钥匙，只轻轻一碰，它就不小心掉了下来。

你悄悄回了趟家，迈进书房。比起魏小姐那满墙照片，魏云澜的书房很简洁，墙上只挂着一幅油画，画着君子兰，你认得是江沉闻的风格。

奇怪，江沉闻的作品怎么出现在这里？

转了几圈，并没有发现什么值得在意的东西，你正要出去，手背不小心却碰到桌下的抽屉——

拉开一看，满满一抽屉的橘子糖，颜色鲜亮，每一颗都像沉默的思念。你拉开另一个抽屉，里面放着两张电影碟片。那是这个时代几乎看不到的，它们被同样小心地珍藏，留存在这里。

你有一刻的失神，余光不经意间扫过一角，你心中微震。

关于“解铃计划”的内容残页！

虽然在这个年代还只是预试行的计划，你突然急躁起来，一页页地翻着，迫切地想要知道雪原记忆的源头。

**记忆格式化：**

如果解铃人记忆里有不适合的部分，系统会自动删掉那些碍事的记忆，好让解铃人全心全意地执行任务。

疑惑在这一刻终于解除，作为探员的记忆不一定是真的。雪原里的事……才是你自己真正回想起来的记忆，没有被格式化成功。

原来在你穿越到魏小姐身上之后，他就曾利用职权悄悄打听过穿越的事，最后笃定你就是他思念的人。

他也并没有找错人，始终是你，也只有你。

你忽然很想见魏云澜。

很想很想。

无论见面后的结局是好是坏。

跳转11（054页）

23

沉闷的枪声响起。魏云澜错愕地张了张嘴，没能说出话。

你自嘲地笑了笑："上校，我有我的原则，我对你的爱……并不能抵消你的罪，我无法原谅你。"

你调转枪口，用最后一丝力气慢慢朝向自己："我会下去陪你。"

人有两只手，一只用来夺走，一只用来给予。他给予了你比生命更沉重的爱，又夺走了他人的生命与幸福。

你亲手把子弹送进了他的心脏，为了信仰，为了时代。

下一枚子弹也将送入你自己的心脏，为了后知后觉的爱。

"住手。"魏云澜抢过枪，将你接入怀中，"别做傻事……我带你离开！"

他将你抱在怀里，大步穿过呛人的浓烟、灼烫的火海。逐渐模糊的视线里，他对你反复说着什么。听不太清，那声音忽远忽近。

他嗓音沙哑，每次呼气都扯出细微的咳嗽："不要闭眼，等我们出去……我再对你说清楚，好吗？"

火势愈发凶猛，魏云澜再次咳嗽起来。血顺着他的脚步慢慢流淌，他终于也开始摇摇晃晃，几乎抱不稳怀里的人。

不知又走了多久，他踉踉跄跄，晃晃悠悠，终于颓然坐倒在地。四周都是火海，身边却仿佛冰窟，冷得可怕。

他仿佛提前预料到什么不可逆转的命运，慢慢地笑了笑，笑意苦涩。这一次，他的声音如同黑暗里即将熄灭的微光。

"我已经什么都不奢求了，就算你不明白我也好，不原谅我也好，只求你……活下去。如果真相会让你愧疚，那我愿意当个罪大恶极的魔鬼。”

你以为自己会和他一起从火海中坠入地狱。他却在坠入地狱的前一刻，奋力将你举回了人间。

2302 年 2 月 10 日，201 城执行官上校魏云澜阵亡。

你在病床上睁开眼睛，模模糊糊的视野中，看到一个血迹斑斑的手环。

“每个人都会死，我也不例外。

我的一生以这样的方式结束，或许这只是时间问题，不必自责，你做了正确的事。

这次闭眼之后，我将再不会醒来。

实在放心不下你，这是我最迫切的请求。

我希望可以晚几十年在下面看见你，我希望再看见你的时候，你已经是个两鬓斑白的老人。这就说明，你听话地走完了很长的一生，很好。

不必担心我认不出你。

我会牢牢记住你的眼睛。”

你费了很大的力气才将这段文字看明白，整理清楚。

——因输入讯息的人手上无力，神志不清，这些字段频频出错，比小学生的作文还不通顺，与平日里那个高傲倔强的男人全然无法联想在一起。

据说被发现的时候，他仍牢牢地将你护在怀里，保持着这样的姿势，让你免受火烧。而他自己的尸体却被烧得不辨人形。

岁月好像就这么浑浑噩噩地过去了。

魏云澜活了二十五年，作恶无数。可你仍然记得，在病房的那个下午，各地都为了他的死而欢呼振奋，唯独你失声痛哭。

END

烈火

24

泪水从眼里涌出。

于是你终于奋不顾身，朝他扑去——

“上校。”

“嗯。”

“私奔吧。”

“好。”

“普罗米修斯”攻占了整个南区，再没有人见过魏上校和他的未婚妻。有人说，上校应该是死在了火海深处，尸骨无存；有人说，魏小姐应该是悲痛过度，不知在哪里殉情了……

有人说，在新年的许愿树下曾见过那一对失踪的爱人，他们将一张字条挂在枝上。

“有一个夜晚我烧毁了所有的记忆，从此我的梦就透明了；

有一个早晨我扔掉了所有的昨天，从此我的脚步就轻盈了。”

后来，漫长的一生里，你与魏云澜去过很多地方，换过很多身份。

有几年，你们是游走在外城区的赏金猎人；有几年，你安心在家里写写画画，他则以出众的才华在商海打拼；还有几年，他难得厌倦了在外拼搏，就安稳在家，每日陪你。

这个时代依旧黑暗，人们以爱为信仰，向着曙光不断前进。

铭记定情那夜，你们如同初次牵手的少年少女，满心私奔的刺激，半夜强行敲开小卖部的门，买来烟花棒，就蹲在街边点燃——

你拿着那支烟花棒，朝他借火。却不料他衔着一支点燃的烟，如夜色般无声靠拢，用烟为你引燃了烟花。

烟花棒在你们眼里绽放。你笑着说它像灯塔一样亮。那时，你看见上校勾了勾唇，那句誓言来得猝不及防：“那么……往后此生，我就以你为灯塔，永不偏离航向，我保证。”

END

灯塔

“我想要一个和平时代。”你注视着他，一字一顿，“我要你陪我亲手划开黑暗。”

他的路，应是征程，是开辟，是封疆万里，是如刀锋劈开天光般绚烂高傲。

上校牵起你的指尖，在烈火中轻轻吻过你的手背：“好，我为你而战。”

时代的巨轮依然徐徐航行着，新的英雄将以枪口引导黑暗的时代，前往光明。

从那天起，魏云澜不再效忠于南区官方，他从烈火中缓缓走出，解下漆黑的军装外套，将它丢在炽热的风里，任它被烈火烧尽。

他正式朝着这个混乱的时代宣战，建立起自己的势力，在你们的管理下，它会是一片自由且平等的土地——

无论是十年，二十年，还是一生。

无论荣辱风霜，你始终是他此生信仰的战旗，他坚定不移的战友。

有人说，魏上校是迷途知返。从背负骂名的反派到一个震撼时代的英雄，对他来说，并不需要太久。

他的名字如同一颗启明星，渐渐从淤泥与鲜血中冉冉升起。他拼杀在战场上，逐渐成为压迫者的噩梦。他会当着公众的面，在采访时淡淡回答：“我尊重我妻子的一切决定。”

偶尔，他也会在深夜惊醒，突然一把将你抱住，说自己做了个最恐怖的噩梦："我梦见你消失了，就像你忽然出现那天一样。我找不到你……还梦见她回来了，我拿着枪想杀掉她，可面对那双眼睛，哪怕知道那不是你的眼神，我还是无法开枪。"

魏云澜紧紧地将你拥入怀中，好似一松手你就会飞走。

"我想，你一定会回来，如果我用子弹打穿她的心脏，你是不是就永远回不来了？"

他将头埋在你的颈间，低声说着话。

"不会的。"你放轻声音，坚定地安慰他，"我永远不会离开你。"

你将曾刺入他血肉的锁链换成一捧玫瑰，

你把曾不见天日的囚笼改造成玻璃花房。

你以满腔爱意拥抱他。

抚慰一只黑暗里成长的囚兽，需要多久？

只需一个亲吻的时间。

魏云澜忙完公事赶回家的时候，你正在玻璃花房里专心致志地摆弄花草。阳光耀眼，你站在绿叶鲜花中，察觉到男人沉稳的脚步声，笑盈盈地回过身去看他。

迎接你的是他深情的、热烈的、伴随硝烟味的吻。

"每天都像久别重逢一样，"你故意嗔怪他，"你就不觉得腻吗？"

"怎么会？"他没有松手，低低笑起来，说起腻歪的情话，"关于爱你，我从不放弃任何机会。"

你忍俊不禁，于是也轻轻地笑起来："欢迎回来，上校。"

下一刻，你忽然被魏云澜压倒在满地繁花中，他与你都沾了满身的露水与花叶，金眸比阳光还要热烈，他认真低语——

“请求归航，我的指挥塔。”

END

指挥塔

SHOU LIE
LIAN REN
狩猎恋人 · 江沉闻
JIANG
CHEN WEN
江沉闻
性格：腹黑矜贵
攻略难度：★★★★★
行你所愿，爱你所爱。
点击进入

## 查看江沉闻身份资料

江沉闻安静地坐在画架前，轻轻落下一笔。

清晨的第一缕光倾注下来，为他修长优雅的轮廓描上一层淡淡的金色。墙上挂着许多画着向日葵的油画，他穿白衬衫置身花海，长发松散地束起，眉眼温柔而矜贵。

他在面前的画布上精心勾勒出女孩的轮廓，却无论如何也画不出她的表情。

这次命运线的结局，她是笑着还是哭着，厌恶着还是麻木着？或者深深地爱着别人？

江沉闻第一次笔触微停。

“睡吧，亲爱的，我会接你回家——”

当时有一句话他没说。

他知道分别无法避免，下次她再醒来，不会再记得生命里有江沉闻。

因为拥有预知能力，他无法避免地梦见过许多情境。

许多次，他将一无所知的女孩掳回解放区，冲动地将他们之间所有的纠葛都告诉她，得到的只有她的落跑与不信任；更多次，培育仓里的女孩毫不迟疑地接下任务，与他失之交臂；还有无数次，他大意地做了错误的选择，最终与她形同陌路。

只有一次，梦中的画面是美妙的——

大概是夏末，阳光洒遍画室，而她笑吟吟地坐在画布前，被他牵着手一笔一笔地勾勒出颜色，那样亲密无间。

哪怕看见自己注定在秋天来临前死去，这仍是一幅完美的画面。

命运错综复杂，只需某个人在某个瞬间不经意的一个抉择，即可扭转往后的所有路线。为了达成这来之不易的结局，他需要小心翼翼地迈出每一步。

创作一夜的倦怠终于涌了上来。

他散漫地伸了个懒腰。晨光熹微，勾勒出他颀长笔挺的身材。他披上漆黑的西服外套，将那一袭洁净的白衣遮住，缓缓走到落地窗前，向着太阳微微昂首，被晨光晃得眯了眯眼。

向死亡迈步的人，总会贪恋最后一点阳光。

2304年4月9日 凌晨4:39

口渴使你醒来。

窗外晨光熹微，整个南区被一层屏障墙牢牢困住，从极远处隐隐传来战火声。

201城南区已全境沦陷，几片被围起的区域被反抗军称为“解放区”，下一步便是要朝着北区进发，彻底征服201城。

眼下正是两军对峙的混乱时刻。

墙外乱成一片，墙内却维持着最大限度的和平，在反抗军的治理下，街道的霓虹灯依然亮着，那些醉生梦死的男男女女，照旧麻木地迎接每日初升的太阳。

你推开房间的门，慢慢下楼，还是忍不住回忆起执行任务前的事。

当时，江沉闻突然攻入研究所，一枪打碎培育仓的玻璃，将还没来得及穿越的你强行掳来。

你被他软禁在解放区已是第三十五天。

江沉闻昨夜画到很晚，应该不会起这么早。

你扶着冰凉的墙壁悄悄走进厨房，发现茶叶罐被放在橱柜上层，这是江沉闻最喜欢喝的，这种茶早已停产，被他珍惜地放着。

“睡不着吗？”

缱绻低柔的嗓音传及耳畔，伴随着对方身上淡淡的玫瑰香，你缓缓抬头，看清长发男人那双漂亮的眉眼。

他生了一双极深的眼瞳，如同望不见尽头的夜色，带着款款深情，笼罩过来。

“想喝茶了？”江沉闻的神情没有变化，他从容地回身替你取下茶罐，“加糖吗？”

“好。”

你坐在餐桌旁，麻木地看着晨光里为你忙碌的那个背影，每个动作都仿佛在创造一件贵重的艺术品。

是因为要沏给你喝才如此精心？还是因为……又从你身上找到了白月光的影子？

江沉闻哼起歌，怡然自得地搅拌着杯中的糖。他的音色多情，偏偏旋律让人想起灰蒙蒙的战场。

我们是鲜艳的玫瑰，染遍脚下的土壤，
白色的岛屿，殷红的乐园，
……
当血红的玫瑰凋零，
当新花开遍向阳的地方，
所有人都能得到救赎与光。

他总是哼起这首意义不明的歌。

每次听，你的脑海里便不自觉地浮现出荒凉的景象：苍白的建筑伫立在孤岛上，漆黑的土壤被血色缓缓染红，穿病号服的孩子们手牵着手，齐声唱起这首自编的童谣。

相框在这面墙上密布，里面全都是同一个女孩从童年到成年的照片。在最近刚挂上去的那个相框里，她穿着黑裙，气质冷清，让人觉得难以触碰。

虽然被掳来江沉闻家中之后，墙上的照片你已经看过了无数次，但还是情不自禁地走神。

那是江沉闻死去的白月光。

他们是青梅竹马，被照片里那个文质彬彬的男人收养。

晨曦薄光照进厨房，你的倒影落在相框玻璃上，与她的脸完美契合。

她是普罗米修斯的最高指挥官——代号 Black，她是一位出色的女性，在不久前死于一场惨烈的战争。

你从没想过，作为解铃人，自己会在任务还没开始的时候就失败——这一切发生得太快，只因瞬间的迟疑，你就错过了领任务最好的时机。

如今被带到这片反抗军的地盘，你已经联系不上最初与你对话的解铃系统，也不清楚自己究竟能做什么。

眼下与江沉闻周旋，活下去才是最重要的事情。

当时，你眼睁睁地看着培育仓被打碎，还没来得及选择任务进行穿越，就跌入一片混有硝烟的玫瑰香，那是江沉闻温暖的胸膛。

他抬起手指，帮你将湿漉漉的挡眼的头发拨开，微微一笑："回家吧。"

回家？

你愣了下。

江沉闻握枪的另一只手从容抬起，朝角落里躲藏的一名探员按下扳机。

“砰！”

每个探员应自愿为组织牺牲，虽然你早已猜到，但还是心中一凉。

你一瞬的失望被江沉闻尽收眼底，他又平静地朝尸体补了一枪。

像蓄意报复，又像冷冰冰的惩罚。

江沉闻从容勾唇，将枪收进作战服：“你看，他们不值得信任。”

你冷淡地问：“那你们就值得信任吗？”

回答你的却是男人低柔的轻笑声，动弹不得的身体旋即一轻，你被他抱起，他款款迈步穿过满地狼藉。

“亲爱的，你迟早会明白。”

“滋滋……要击杀 Black……”

研究员遗落的手环里传出断断续续的指令。

江沉闻从容地走过，用鞋底缓缓将它碾碎。

你曾幻想，他是否真的会带你回到你的家。

但他没有。这个“家”居然是位于解放区的江沉闻家。

看着相框里的女孩，你的手错愕地抚上自己的脸。

为了将你从试验所救出来，普罗米修斯竟动用了大量部队，温越、魏云澜、沈妄许，他们都不同程度地参与其中。

牺牲最大的是沈妄许，他带领一支小队单枪匹马解除了研究所的武装，最后却尸骨无存。你很清楚他的下场，军方对他恨之入骨，恐怕会将他改造成冷冰冰的战斗型机器人。

一直暗中指挥的江沉闻也暴露了身份，成为通缉对象。

他们所做的一切并不是为了你，而是为了救他们以为的 Black。

因为你和她长得一模一样，在他们心中，你就是 Black，是普罗米修斯的领袖。

那时，江沉闻和你并肩站在照片墙前，看着他与她孩童时代的合影，难得流露出怀念的神色来。你出声唤他，他立刻微笑着回头。

这一瞬间，倒有当年你们在艺术展偶遇的错觉。

当年你只是个学生，冷不防迎上男人回眸时偶然的微笑，说不心动是假的。

你抬眼与他对峙："你将我带到这里，只不过是把对亡者的爱擅自转移到我身上，因为你接受不了她死亡的事实。"

对方有那么一瞬欲言又止，却很快恢复了从容，安静地继续听着。

你倔强地笑了下："我只是个小探员，和她完全不一样。"

他意味不明地垂眸，将晦暗不明的情绪微敛，柔声道："亲爱的，我们试试再说。"

餐具落桌的轻响声，打断了你的思绪，你看见男人端盘的手长而细，像一件白瓷艺术品。

他将茶叶罐摆上桌："你以前最喜欢这款茶叶，以后可以随时来取。"

有时他情不自禁地沉浸在自己的幻想中，把你彻底当成她。

你沉默地望向江沉闻。

恰好他的手环滴滴响起，一个青年寡淡的嗓音传来："捉到几个战俘，申请处置。"

江沉闻倚在餐桌旁，微微垂目，漫不经心地听着战况汇报。

“别留活口。”他语气从容，“伤员带回去治疗，把牺牲者的名单给我。”

他似乎永远都这么不急不恼，任何突发情况都撼动不了他，正因如此，才让你有种不真实的感觉——将喜怒哀乐遮掩得无懈可击的人，要么他惯于当个温柔的花瓶，要么他将阴暗伪装得很好。

A. 摔碎茶叶罐作为抗议

跳转4

106页

B.开始考虑与他合作

跳转3

102页

呼吸困难。

你……选错了路。

像是坠入深渊之后又被人温柔地打捞起，阳光刺激眼皮，你颤了颤眼，听清江沉闻唤你的声音，他居然抱着你又找到了正确的那条路。

可这已经是你最后的力气。所有的话音都显得断续而杂乱，你依稀听清——毒气损伤了你的身体，就算他捐献出所有的器官都无法再挽回你的生命。

现在的技术还不能救你。

“用冷冻仓维持她的生命，等技术支持的那天再打开。”你听见魏云澜低沉的嗓音响起，“除此之外，没有办法。”

半晌，你听见江沉闻轻轻说了声“好”。

一个熟悉的轻吻落在额头上。

“亲爱的，睡吧，当你再听见‘早上好’的时候，我会送你一个和平年代……”

好像做了个很长很长的梦。在梦里，江沉闻渐渐地老了，走不动了。

冷冻仓门被开启——

你睁开眼，看见一个风度翩翩的陌生男人站在舱外，他微笑着将你扶起，对你说“早上好”。

他牵起你的手，带你一起慢慢参观这个城市，你迷茫地问：“战争……已经结束了吗？”

他温柔地微笑着：“在半个世纪前战争就停了。”

你沉默地看着周围。

你看见半人与人类已完全实现了和平共处。

两个孩子玩闹着从你们身旁路过，母亲追着责怪：“历史课文都背了吗？就知道玩……”

“背啦！”孩子们有板有眼地背诵，“2350年，各国签订停战协议，反抗军获得了胜利，停战协议由普罗米修斯的领袖江沉闻签署……”

“2368年，伟大的领袖江先生逝世……”

他天生缺少常人的喜怒哀乐。

他以冷静的目光审视世人。

到最后，为了你想要的未来，他竟做了一辈子最温柔的领导者，他们说他富有同情心，仁慈又充满智慧。

原来在余生中都没人读懂他。

你轻声道：“我突然想画一幅画，可以找个有阳光的画室吗？”

身旁的男人温柔地点头：“是。”

他们说真正的江先生活到八十九岁，一生未娶，他未提起自己爱过何人，只在弥留之际轻声留下遗言：“别忘了……代我向我的爱人说一声早安。”

“我的爱人，她活在时间的前方，活在我的生命尽头。”

他们为你准备了充满阳光的画室。

坐在画架前，你慢慢提笔，阳光拂上你的后背，仿佛又有人温柔地俯身过来，耳边似乎也传来了熟悉的低语声——

“早安，亲爱的。”

END

时光之外

安逸会渐渐包裹一个人坚硬的心，让战士思乡，让游子念家，你也不例外。你为战争付出了一次生命，同意解铃计划，更大的原因是想好好为自己活一次。

你偷偷查过家的地址，如今那里已被归入魏云澜的辖区。

家人会不会因为你的离去提前白了头？念及此，你忽然很想见爸妈。

魏云澜在另一片解放区。

如果要找他们，必须通过江沉闻联络魏云澜，恐怕就要与他缓和关系……

“叮——”极轻的一声在餐桌上回荡，江沉闻联络完毕，从容地坐在你对面，用汤匙轻轻地敲了下杯沿：“再不吃，可要凉喽。”

你轻咳了声，想切入话题：“你们的养父……”

“他死了。”话未说完，就被他淡淡笑着打断，语气像隔着玻璃的春天，没有真正的暖意。这好像是他初次打断你的话。

你愣了下，相片里的男人慈爱地望着女孩，而少年安静地站在稍远的地方。

“他叫江许，他带着我们从一个水深火热的地方逃出来。他收养我，教育我，用尽储蓄买了房子。为了我，他隐姓埋名，放弃了祖国给他的大好前程。”江沉闻嗓音低柔，“但他却死了。”

你沉默了一下，低声问：“他怎么去世的？”

“车祸。”江沉闻垂目，“在我十五岁那年，有天下午他被喝醉的司机撞死了。”

“这不能怪你……”你想安慰，却被他缓缓抬头时眼里的从容不迫所震慑。

“如果说我早就预见到他会出车祸呢？”

——当温柔到极致，成了摘不下的假面，便也变成了另一种意义上的冷酷。

你心里打了个冷战，慌乱地端起空盘走向水池，不慎拧到了冷水。一股寒意刺到手背，你猛地缩回手，身后却伸来另一只修长的手，替你轻轻地拧到温水。

“交给我吧。”江沉闻走近，声音低柔，“我要暂时离开几天，去魏云澜那边开个会……”

魏云澜？

心里想着爸妈的事，盘子被他从容地接过，你下意识地捏紧往回一带，对方洁净的袖口上被溅到了几滴油水。

他轻轻的笑声立刻响起：“这么执着？”

你讪讪地松手将盘子让给他：“你能不能带我一起去见魏云澜？”

水仍“哗哗”地响着，江沉闻的动作却不知何时停下了。他微微垂目，任水流冲刷光洁的盘面，半晌没有动作。你忐忑地抬头朝他瞧过去，见他盯着袖口渐深的几点油污，竟有几秒出神。

你心里直打鼓，出声唤他：“江沉闻？”

“亲爱的，你知道我为什么讨厌不和谐的东西吗？”江沉闻轻轻出声。

你不知道怎么回答。

“因为它们很多余。”他自嘲地勾了勾唇，那一瞬向来从容的神情竟有失魂落魄之感，“有时候，它们又让我感觉我自己很多余。”

你惊讶地看着他。

整整三十多天，他永远都是不急不恼地微笑着，像个没有更多感情的怪物。

——原来他是这样的人，情绪好像脚下的深渊，不出现还好，一旦浮出，就会把他深深地拽下去。

“你误会了，我……”你朝他走近两步，冷不防地抓住江沉闻的手腕，将它们严实地盖住，声音微扬，“我爸妈住在魏云澜的辖区，如果不方便带我去，那你可以帮我问问地址吗？我想找到他们。”

这个动作很突兀。

但除此之外，你想不到其他唤醒他的方法。

江沉闻被你紧紧地抓着手腕，从晦暗的情绪中猝然抽离，惊讶地转过头与你对视。他的眼瞳再次亮起，像一颗坠落的星，即将溺在黏稠黑夜之前被人捞起。

他的语调恢复低柔：“行你所愿，亲爱的。”

这样就答应了？

手心里突然多了个冰凉坚硬的东西，你低头望去，他轻轻地往你手里放了一个旧手环：“抱歉，暂时不能带你一起去，外面很危险。”

你戴上手环，指纹解锁成功的消息一晃而过。

“这是？”你诧异地眨眨眼。

“这是……”江沉闻温柔地望过来，“她留下的东西，我们随时保持联络，亲爱的。”

蓝莹莹的界面浮起，用户代号“Black”，联络簿的第一位便是江沉闻。

你沉默了一下，缓缓地说道：“你们一定很相爱。”

“是啊。”他轻声回应，“如果不是出生在这样的时代，我们会很相爱。”

虽然你不了解关于江沉闻的一切，可你还是没由来地多想。

——这样一个人，假如他不是生在这样的时代，会是什么样子？

“你不在家的时候，我会浇水的，”你认真地问，“你阁楼上的那个画室，或者地下室需不需要打扫？”

“画室可以随便进，亲爱的。”江沉闻温声答，“地下室恐怕不行，你不会喜欢的。”

你目送江沉闻离去。

不知不觉又到了天黑。你靠在床上翻着 Black 留下的手环，想找寻她活过的痕迹。

让江沉闻念念不忘的，会是什么样的女孩？

许多人想要联络她，可她偏将他的名字置顶。

你鬼使神差地点开与江沉闻的聊天记录，发现那上面只有最后两通电话往来，通话时间很短，除此之外，界面上都是一片夜色般的漆黑。

偏偏他们谁也没有先开口，打破这份寂灭的清冷感。

那……要不要看看其他人呢？

A. 查看魏云澜
跳转8（113页）

B. 查看温越
跳转5（108页）

C. 查看沈妄许
跳转6（109页）

D. 不看
跳转7（110页）

你拿起瓷罐静静地端详，忽然一松手。

“哐啷——”

江沉闻停顿了下，望过来。

你云淡风轻地笑笑，像是挑衅与宣战。

他淡淡地朝着手环吩咐“稍等”，果然朝你迈步，一步，两步……越来越近。你心中打鼓，带着刺激和后怕的感觉，期待着江沉闻流露出一丝不快。

可他没有。他只是从容地走到你身前，低身将碎裂在你脚边的瓷片一片一片地拾起。

他垂着眉睫，安静地将它们拾起，攒在手中。

你的手腕上有浅浅的一道划伤。

其实在刚被掳来的时候，你曾想过逃离，却倒霉地在街区遇到了爆破事件。好在受伤不重，只被弹片划伤了手腕。

没过几天，你居然在江沉闻手上同样的位置也发现了划伤。你惊讶地问他怎么弄伤的，他只是浅浅一笑：“洗杯子划破的。”

你对此半信半疑。

江沉闻手捧瓷片，从容抬头，正与你视线相撞。

你心虚地眨了下眼。

对方却缓缓绽出微笑：“我经历过的坏事比这个要丰富许多。亲爱的，你还要努力。”

你愣了下，没料到会是这种回答。

你突然想起外界对江沉闻作品的评价：他的画作往往给人一种燃

烧的感觉，明艳又热切，明明已经将色彩用到极致，至深处却依然泛起一种冷与撕裂。

石头投湖，湖水竟毫无波澜。

获得线索1.2

跳转 3（102页）

今天还是阴天。

好像已经连续很多天了，没有阳光的日子。

有时候我会待在这个城市最高的地方，带着我的枪，看看天空，看看你回来的方向。这里视野很好，如果你回来，我会第一个注意到。

我在想，你会不会在下一个晴天，突然回来？

通缉令上代号“月”的青年曾经锲而不舍地给亡人发送一条条讯息。

跳转回3（105页） 再次选择

早上好啊。

中午好，要记得好好吃饭。

晚安，你在那边也要早点睡。

明知得不到亡人的问候，他仍执着地保持每天三遍问候。划过很长很长的消息记录，你终于得以看到一丝丝情绪异样。

可是，你什么时候能回我呢？

……

今天收到了来自江沉闻的好消息，原来你只是被那些人关起来了……太好了。

我这就出发去见你，要等我啊。姐姐，我的未来里有你，我不会后退。

他的头像暗淡。

从片刻失神中清醒过来的时候，发现手底已输入一行“我回来了”。你愣了愣，还是决定将它发送。

发送成功。

但他永远不会回复。

跳转回3（105页）再次选择

你静静地看着通讯录里江沉闻的名字。

沉闻：我按菜谱做了芒果千层，感觉还不错，下楼来试试吧。

沉闻：放学的时候，可以顺路帮我买一盒油彩吗？刚刚想到不错的构图，想把你也画进我的画里，需要很多明亮的颜色。

……

你：这部剧的男主好浪漫，每次都会叫女主亲爱的。

沉闻：真的吗？

你：对啊，假如我也和她一样失忆了，怎么都记不起你，你会不会也像男主角一样，走过好多误会和弯绕才百分之百确定心意？

沉闻：不会。

沉闻：因为从一开始，我就会向你走出那九十九步。

他们曾在同个屋檐下无话不谈。

只是突然在几年前，她将备注从“沉闻”改回“江沉闻”。也是从那年起，他们之间变得少有往来。面对他偶尔的问候，她也总是保持沉默。

仔细算算，那是江许出车祸的日子。

一条新消息。

江沉闻：住址我已经查到了，今天拜访过叔叔阿姨，他们都很好。

一股不可思议与激动的情绪从心中涌起，你迅速回复：真的吗？什么时候能见他们？

过了一会儿，江沉闻回复：恐怕现在不行，亲爱的，至少要等到初秋，城市里才会安定一点。

你的鼻子酸酸的，其实能听到他们的消息，你就已经很高兴了。

你：无论如何，谢谢你。

顿了一会儿，他发来消息。

江沉闻：等我回来，陪我去公园逛逛，怎么样？

看着屏幕里那行邀约，你的手指悬在输入栏上方，迟迟没有落下。

时间一分一秒地过去。你缓慢敲下：好，给我一点时间准备。

很快，江沉闻发来一张点头的表情包，是他自己画的小头像涂鸦。

与江沉闻本人的优雅神秘毫不相同，那是个看起来很憨的 Q 版小江沉闻。

你的心情莫名好转许多。

在江沉闻回来前，你翻看南区的新闻——

反抗军忙了个热火朝天，修复了不少在战争时化作废墟的建筑。

听说这是普罗米修斯最高首领直接下的命令，市民们议论纷纷，不知那位神秘大人物在想什么。

只有你知道，这一切都不过是因你的那句“好”。

约定的上午很快到来。

刚下车，你就看见广场的中央里外三层围着不少路人，大多是年轻的女孩。

江沉闻坐在画架前。

他今天穿了件浅灰色的薄风衣，西裤显得他双腿瘦长，他的侧影温柔，落笔时微微俯向洁白的画纸，几绺长发轻轻垂至微扬的唇角。

你站在人群中看着他。

没穿黑西服的他，好似也没了淡淡的硝烟气息，不再美得那样有侵略性。

几乎没人知道，这位看似无害的艺术家就是目前解放区的最高领袖。

他确实是那种看似散漫实则把控一切的神秘人物。

既然来约会，就要进入状态。

你走过去，逆着光看他 :“为我画一幅画，怎么样？”

年轻的艺术家抬头，晨光淡淡地落在他的眼瞳里，仿佛海平面上熠熠的碎光。

“尊敬的小姐，你想用什么当作报酬呢？除了钱以外。”

A. 用我的一整天时间？
跳转12
119页

B.一个吻？
跳转10
116页

你在新闻里见过魏云澜，当时他还是201城的上校，穿着漆黑的制服，一副生人勿近的冰冷模样，不怒自威。

算算日子，第一条恰好是她死亡的日期。

是真的吗？不要开这种玩笑，如果你在，就立刻回复我。

我了解你，你不是没有准备后路的那种人。

回我一句，好不好？”

……

划过聊天记录，停在最后两句。

我已经了解大体情况了，不要担心，我这边也会协助你们的计划。

乖乖等着。

下方突然又弹出一条新消息，魏云澜刚刚发出“这么晚还不睡”，你才发现这个软件有已阅功能。

有种做坏事被当场抓住的心虚，不料对方又发了一条。

魏云澜：“我知道你在。”

你：……

不过，既然攻入研究所的计划里有魏云澜参与，那么他必定也知道你的存在。想到这点，你心里忽然没那么紧张了，犹豫再三，还是回了条“嗯”。

你：抱歉，擅自看了这些……

魏云澜很快有了回复：不需要道歉，这些天有没有想起什么？

你：什么？

魏云澜：比如雪山？

见你半晌没有回复，魏云澜发来最后一条讯息。

抱歉，是我问了奇怪的问题，以后你可以与我随时保持联络，晚安。

跳转回3（105页） 再次选择

杀机就被他紧紧地扣在指尖——

你握住枪管:“公信力一旦失去就不会回来,交给你的警员,好吗?”

不知从什么时候起，你的心态已经悄悄发生转变，天平往反抗军那边倾斜。

江沉闻的瞳孔倒映出你的脸庞，他的眼中霜雪消融。他垂眼勾了勾唇，收起枪:“遵命，亲爱的。”

身后传来青年松口气的声音，你回过头，见他正努力地撑起发软的双腿，想要逃跑。

“劝你不要做这种蠢事。”你冷漠地提醒，“这事儿还没完。”

反抗军将青年牢牢地绑起押下，在众人惊愕的注视下尊敬地朝你们抬手敬了个礼。

“备车去医院。”江沉闻简短下令。

“是！”

**获得线索1.1**

跳转 17（134页）

“用……我的一个吻？”

你有意用轻飘飘的语气开口，感觉自己像个轻浮的浪荡纨绔，见人家年轻画家长得好看，就随口调侃。

众人议论纷纷，不少人眼神古怪等着看笑话。

玩笑好像过火了，那位白月光小姐肯定不会这样说。

你尴尬地咳了声：“开玩笑……”

“好啊。”江沉闻的态度不急不恼，眼神流转间添了一丝矜贵，令人浮想联翩，“小姐，我是你的了。”

你故作镇定：“算了，支付我今天的时间来陪你，怎么样？”

跳转12（119页）

恰好路过一家电影院，你随便指着门口张贴的海报："去看电影吧。"

江沉闻顺着你手指的方向看去，微微意外，一时竟没说话。

据说这是部集克隆人与鬼怪悬疑为一体的片子，网上恶评如潮。

他安静地站在你身旁，眸底情绪不定。

"亲爱的，"他柔声道，"真的要看吗？"

你随口问："难道你怕鬼？"

不料身后传来男人"嗯"的一声，颇有几分不经意的懒怠，几分真真假假的笑意："我可能会吓得走不动路，说不出话，当场昏过去也说不定。"

你取了票："那我就背你回去。"

你带他去买爆米花，年轻的女服务生很快将爆米花递过来，忍不住偷偷看了眼前外表出众的长发男人几秒。

他接过纸桶，习惯性地说了声"谢谢"，唇边还带着未褪的笑意。

服务生亮晶晶的目光再也没舍得挪开。

——你仿佛看到当年懵懂无知的自己，在艺术展偶遇江沉闻时，也曾经轻易被这个男人的一个眼神、一个笑意打动。

明知没有结果，那个人这辈子都不会朝你款款走来。

复杂的思绪忽然被递来的爆米花桶打断。

江沉闻从容地吃了两颗，把剩下的一大桶都递给你，微笑道："多吃点儿，攒攒力气，到时候记得背我出去。"

你：……

电影开幕。

看了五分钟，你开始后悔。

电影讲的是克隆人死后复仇的故事。主角从小被有钱人当作器官库养着，活着只是为了另一个孩子，死掉也无法放下怨恨。

自从T国学术丑闻曝光后，将克隆人作为工具使用的例子已屡见不鲜。

现实往往比艺术作品更露骨，显得电影很老套。

荧幕闪烁，光与暗在男人的侧脸交融。他端正地坐在你身旁的位置上，微微仰头，安静地注视着荧幕上的演员。

你默默注视着他，江沉闻竟罕见地没有留意到你的视线。

荧幕突然一下暗了，他双瞳里的光也忽地暗淡，仿佛沉入深渊一般。

你打了个哈欠，不知不觉竟睡了过去，脑袋倾斜，无意间碰了下江沉闻的肩膀。身旁男人的身体原本有些紧绷、微微发颤，却在被你触碰的那一瞬悄然放松下来。

他极轻地自言自语：“我和他不一样，我永远不会伤害你。”

跳转回12（122页）继续探索

年轻的艺术家笑着应允。

你安静地坐下，等他画完。

他盯着画纸，时而抬眼将视线投过来，微含笑意，比阳光更热烈更炽热，却纯粹得不带别样的情绪，只是单纯地在眼睛里勾勒出一个你来。

就像剥落了世俗灵魂的限制，穿越人山人海，这里只有纯粹的两个灵魂在无声地交流，一个灵魂想要尽情地描摹出另一个灵魂的模样。

你的脸上莫名地发热。

奇怪，这人平时对你这么暧昧温柔，你心里都没有太多的波澜起伏，怎么此时被他一盯就脸红？

广场顶楼的大钟指向十二。

江沉闻轻轻舒了口气，依依不舍地放下画笔，与难得安逸的时间告别。

你想站起来瞧瞧成品，却不料起身有点晕，江沉闻及时扶了你一把，轻声致歉："我一不留神就忘了时间。"

画面上所有的街景都是灰白黑，哪怕那些振翅的鸽子被画得栩栩如生，也免不了略显压抑，唯独坐在喷泉边的女孩拥有色彩。

她是他世界里唯一鲜活的事物。

你不由得有些出神。

这是她，还是你？

树荫下传来一阵清脆的车铃声，几个高中生骑着自行车掠过。居民区离战乱很远，反抗军手持枪火将敌人拦在外面，将难得的和平留给这里。

如果能这样一直下去……反抗军的理念究竟是对还是错呢？

视线随即定格在不远处，路边有一个蓬头垢面的半人乞丐，你的表情不自觉地沉了下去。

江沉闻的低柔嗓音在耳边响起："反抗军会给所有无家可归的公民提供免费食物和住所，这个人是故意上街乞讨。"

你愣了下。

见你们路过，乞丐的视线扫过你们两人的衣着，突然拽住江沉闻的手。

江沉闻安静地看着那双肮脏的手，淡淡地说道："抱歉，没带现金。"

乞丐急切地摇摇头，竟然从口袋里摸出一个新款手环："转账也可以！"

江沉闻静静地注视着他，眸光渐敛。

乞丐急了："先生，你甘心看着穷苦的人受罪吗！"

听见"穷苦的人"，江沉闻愣了下，他没有表情，慢慢抬起手腕，用自己的手环扫了下，立刻传出转账成功的声音。

看清数字，乞丐不可置信地叫了声，警惕地看了江沉闻一眼，怕他反悔，拔腿就跑。

你目瞪口呆："医学奇迹？"

江沉闻没有说话。你疑惑地转过头，见他正安静地俯身在水池边，慢慢洗着自己的双手，专注而细致，连一绺长发垂到水里也浑然不觉。

你想起一则新闻报道：江公子赚钱快，散尽家财也快，常常会被别有用心者诓骗，轻描淡写地捐出大部分财产，所以素有“傻白甜艺术家”之诨称。

这竟然是真的？！

你快步过去，唤着他的名字。

“抱歉，亲爱的，今天恐怕不能继续了。”他置若罔闻，沉浸在自己的世界里，轻声道，“我把这个账户里所有的钱都给他了。”

所有的？！

内心惊讶到无以复加，但你还是一把抓住他湿漉漉的双手：“没关系，我不介意……”

那双修长洁净的手在你的掌心里微微一僵，江沉闻朝你猛地抬眼，像从某个漫长的噩梦中惊醒，气息微乱。

你从未见过他这样，不禁一下松了手。他静静地望着你半晌，很快恢复如常，从容地笑了笑：“在你面前我好像总是失态，会怕吗？”

你回答不出。

“抱歉，我的人格感情天生有缺失。”他温柔地望着你，“小时候和最好的朋友一起玩，我分不清她因何而笑；她母亲死了，我也不明白她因何而哭……我像怪物一样，而怪物只有被利用的价值，不需要有感情。”

这个人好像是第一次对你提起过往。

但他仿佛徐徐诉说着别人身上发生的故事。

“在收养我之后，江许要求我做个善良无私的孩子。他教我要慷慨，要施舍所有穷苦的可怜人，哪怕用掉所有的饭钱，自己饿上一星期。如果做不到，就只配像怪物一样在阴暗的地下活着。

“我无法控制自己的行为，我害怕再回到地下变回怪物。”

你错愕地看着他：“哪有这样的教育方式？”

他却微微一笑：“极端的善良总比极端的坏要好，不是吗？”

第二个你无法轻易回答的问题。

“我不觉得你需要因此道歉……”沉默了一会儿，你对他笑了笑，“陪我走走吧，我出钱。”

你只是觉得，今天天气很好，正适合走在阳光下。

你决定：

A. 去游乐场

跳转15

129页

B. 去看电影

跳转11

117页

C. 回家

跳转14

124页

“砰！”第一枪击中青年的腹部。

青年痛苦倒地，在肮脏的地面缓缓爬行。

“砰！”第二枪贯穿他的要害。

闪烁的枪火光芒没有停止，映照在江沉闻的眼瞳里。他将你紧拥在怀里，面无表情地开枪，枪声一共响了六下。

远处有反抗军警卫们匆匆赶来，他们错愕地看着自家首领平静地收起枪。

“收尸。”江沉闻将你抱起，快步朝一旁的轿车里走去。

“谢谢，不过……”你低声道，“你好像违背了你们组织的初衷，那是你和 Black 定下的规则，还记得人人平等的原则吗？”

你并不为那人的死感到一丝一毫的同情，只是心情复杂。

江沉闻温柔地垂目过来，掩盖了眼底深处的晦暗与撕裂：“亲爱的，你比任何事都重要，我不在乎这个世界，但我不能再失去一次信仰。”

像永远困在隔世孤岛的人，向自己凿出的神像说着虔诚的话。

跳转 17（134页）

华灯初上。

你身体未愈，不自觉地打了个哆嗦。

“来，手给我。”身旁传来男人低柔的声音。

指尖旋即被他轻轻抓住，带着你的手一同揣进他的风衣口袋里。

你后知后觉，怎么手就这么自然地递过去了呢？

若抛却逢场作戏，的确是完美的约会，他是认真把你当作替身看吗？

江沉闻微笑着望过来，他生了一双深邃的眼瞳，专注地注视你时，就像是能剖开你的心事。

你轻咳一声：“谢谢。”

他的视线温柔地从你脸上扫过，分明将你刚才的胡思乱想揣摩了个透彻：“亲爱的，男人的浪漫可不光只有暴力美学、征服和强权。”

融融暖意从衣料间传来，窄窄的口袋里，两只手难免触碰摩擦。

许多男女搀扶着从酒吧出来，一副醉生梦死、只争朝夕的模样。几个青年将豪车停在路边，整瓶香槟酒被他们狠狠摔在地上，以博美女惊呼一笑。

被困在解放区之前，他们是各大家族的少爷小姐。被反抗军的到来彻底打乱了安逸的生活后，他们变得偏激而疯狂。

带泡沫的酒液流淌，漫过你们的鞋底。

你皱了皱眉：“这些人……”

江沉闻微微驻足，淡淡垂目扫了一眼自己的皮鞋，鞋面沾上了水痕。

“他们是，”他很快将眼中的厌弃完美掩下，微微一笑，“社会悲剧的缩影。”

穿超短裙的女人跌跌撞撞地走出酒吧，满身酒气，连高跟鞋都断了一只。她一眼瞧见你身边的江沉闻，眼睛亮了下，晃晃悠悠地径直朝他而来。

你身边的江沉闻没有表情，视线甚至没有为她停留一下。

“我非要找个帅哥给你看……”她满面泪痕，“让你不要我……”

江沉闻握紧你的手，躲了一下，任女人自己摔倒。

“躲这么快，”你有些无奈，“难道是习惯了？”

“世道真是危险。”他与你对视，笑容阴柔又暧昧，“亲爱的，你要保护好我。”

你：“……”

在纨绔青年的一片哄堂大笑声里，女人久久没有爬起身，倒在地上的她竟哭了起来，双肩颤抖：“负心混蛋……”

你有些不忍，将她扶起，转身吩咐江沉闻：“去拦一辆出租车。”

“遵命，亲爱的。”

江沉闻并不为女人的惨状而流露出一丝怜悯，只是遵从你的吩咐，转身走向街边，朝着路过的车辆伸手示意。

女人迷迷糊糊地抬头，看清你的脸，眼神崇拜：“妹妹，你和姐姐一起过吧？咱们扔掉那些臭男人……”

你惊讶地回望她，哪有这样一见钟情的！

“姐姐肯定在哪儿见过你，”女人醉醺醺地暧昧开口，“你当时正指挥那些当兵的，可帅了……”

原来 Black 小姐如此有魅力。

你尴尬地摇头："我只是长得和她一样而已。"

"就是你。"女人笑吟吟地用手抚过你的脸，"就算是双胞胎也有不一样的地方，你就是她……"

你愣了下。

你就是她？

这样的大胆猜测也不是没有过，可是……

杀气腾腾的脚步声惊得你一抬头。

"贱女人，四处撩别人——"

见愤怒的陌生男人跑来，你下意识地一拦，却被对方手里的水果刀晃了眼。在女人的尖叫声里，你腹部一凉，滚烫的血与剧痛蔓延开来。

四周爆发出惊恐的喊声："杀人啦——"

男人拉扯着女人的头发想离开，女人剧烈地挣扎着，你踉跄着向前两步，用尽最后的力气夺刀，却被对方推了一把。

你被姗姗来迟的江沉闻接住，那力度几乎勒痛你，好似要将你紧紧揉入他体内。

"你怎么敢伤害她……"乍一听，他的声音依旧低柔暧昧，渐渐急促的呼吸声与颤抖却出卖了他，"谁借你的胆子？"

"咔嚓。"江沉闻从风衣内侧拔出手枪，将漆黑的枪口朝向青年的额头。

陌生青年睁大了眼，连女人何时逃跑的都不知道，他慌乱地威胁着："我……我告诉你，解放区的规矩对你这种有钱公子也有用！我刚才过失伤人顶多坐牢，你杀我可是死刑！"

他望向江沉闻，突然吓白了脸，说不出话。

你捂着腹部，冷静地分析了一下自己的伤势，只是被划了一道，伤势不重。

心中松了口气，你朝江沉闻抬头。

江沉闻的脸上根本没有表情，他盯着青年，望向濒死挣扎的猎物般眯了眯眼，在四周惊愕的喊声中，他缓缓地按动了扳机。

——与其说没有表情，不如说他的脸上恢复了一种极致的冷静，就像撕下人皮的漂亮怪物，笑起来是隔着玻璃的无边桃花色，冷起来则天光俱灭、神佛俱散。

“杀你，又如何？”

A. 不拦
跳转13
123页

B. 阻拦
跳转9
115页

SHOU LIE
LIAN REN
狩猎恋人 · 江沉闻

你记得这里有个游乐场，年幼的你牵着爸妈的手，嚷着要坐旋转木马。

故地重游，你还是久违地感觉开心，虽然好像有什么事被你给忘了。

“那里六点钟就闭馆了，快点……”

在几个巡逻警卫惊讶的目光中，你拉着他们的最高首领匆匆穿过树荫。风度翩翩的江沉闻被你拽着一路小跑，唇边笑意未敛，他耐心地叮嘱道：“慢点，小心摔倒，亲爱的。”

你朝他回头笑：“你说话和我爸一样。”

江沉闻眨了下眼：“他有说过吗？”

你们在树荫下对视几秒。

——好像有哪里理解错了，你指的是你爸爸，他下意识中说的却是那位对孩子极严厉的江许。

他果然还是会把你代入那位 Black 小姐。

短暂的快乐好像被打碎了。

被遗忘的那件事终于想起来了，之前看过新闻，游乐园已经在开战时被打得只剩一堆废铁。

树荫下吹过一阵夏天的风，微微吹乱你的头发，江沉闻温柔地朝你伸手，想帮你把头发拨到耳后。你退后半步，让他的指尖拨了个空。

见你心情低落，他又轻轻唤了你一声：“亲爱的？”

“没事。”你摇摇头，“我刚才突然想起……我要去的游乐场早就没了，咱们回去吧。”

“游乐场？”回应你的却是男人极轻的一声笑，依然从容不迫，“你果然想去那里。”

眼帘被一片温柔的黑暗覆起，虽看不见四周，对方掌心传来的温暖却让人感到并不慌张。他的嗓音继而再度响起：“来，这次换我带你走。”

不知道他卖什么关子。

有他的指引和提醒，脚下的地面始终是坚实的。

——明明刚才还在低落，怎么此时此刻，你就理所当然地把自己交给这个男人了？

他神秘、偏执，心情瞬息千变，甚至还有个死去的爱人。

但你的情绪好像不自觉地就被他牵引住了，伪装成玫瑰花的罂粟从他的胸膛里生长出藤蔓，在黑暗中悄悄缠紧你的四肢。

不一会儿，他的掌心慢慢松开。

你睁开眼，这里竟是游乐园的正门口。

短短几天，游乐园居然已经被反抗军提前修缮一新。

你惊讶到无以复加：“你怎么知道我会来这里？”

“梦到了很美好的画面。”江沉闻从容答道，“你和我，在这个游乐场约会。”

鼻子酸酸的，你已无暇去计较他话语里的真真假假，童年回忆突然闪现，好像岁月倒转，此时此刻你再走近旋转木马，就会见到爸妈。

心里的情绪难以自控，你朝前跑去，一不留神就要将他丢在后面。

突然你听到江沉闻急促地唤了你一声。

右手突然被他抓住，他无意间用力，握疼了你。

你迷茫地回头。人潮在你们身侧穿行，你即将没入汪洋，而他好似在周身竖起了透明的城墙，将自己牢牢封闭。

许多人都疑惑地朝你们望过来，但江沉闻没有放手。

他不在乎他们。他深深地注视着你，眼瞳深处蔓延开一丝丝波澜。

江沉闻生了双阴柔又多情的眉眼，所以好像看谁都显得含情脉脉，你曾误认为他就是这样善于伪装，无懈可击。可这一眼却让你突然醒悟，原来他的喜怒哀乐都隔着层玻璃罩子，让人只能远远观看，却感受不到真正的诚意。

玻璃罩子“咔嚓”裂开了一条缝隙。

江沉闻认真地低声说了两个字：“别走。”

这两个字仿佛荒原的狂风，漫卷过你的灵魂。

好像很久很久以前也有个少年对你这样说过。

漆黑的岛屿，白色的建筑，手术刀下一股股鲜血就像绽放的玫瑰，手术台的灯晃疼了你的眼睛。你张了张干裂的唇，只发出沙哑的痛呼。

穿病号服的长发少年紧紧地握住你的双手，一遍遍地呢喃着什么。

“我把我的血……把我的心脏都送给你，好不好？你需要什么器官，我全都送给你……别走。”

他脸色苍白，不自觉竟咬破了自己的嘴唇。

“我不是没有感情的怪物，你看，我现在感觉……很痛。”

“我不会走。”

你不知道自己为何要这样笃定地回答，心脏好似被小针密密地扎过：“至少现在我没理由离开你，放心吧，我还等着你带我见爸妈呢。”

紧握你右手的力道终于轻轻松懈。

你在他眼中再次看到春色盎然，怪物江沉闻正悄然睡去，取而代之的是人类江沉闻。他微微垂目，捧起你被勒红的手指，轻轻地吻了下去。

薄唇轻触手指。这唐突又毫无防备的动作让你的手轻颤了一下。

这个吻如同蜻蜓点水，薄如蝉翼。

“你说得对，亲爱的。”江沉闻轻声回答，“我会陪你直到这个秋天……”

他没有说完这最后一句话。

跳转回12（122页） 继续探索

普通朋友……

你不想承认，但心中的确被这个词刺了一下。

或许对江沉闻来讲，你只是个替身？

说不清什么感受，只是有点失望。你想了下，觉得现在正是逃离的最好时机。

于是你还是提前办理了出院手续，离开这里。

END

失之交臂

提示：若改变想法，请跳转回17（138页），重新选择。

“滴滴——”

令人紧张的鸣笛声一直没停过，车载着昏昏欲睡的你驶向医院。

伤不重，感染的速度却很快，剧痛蔓延，你的四肢仿佛被无形的藤蔓纠缠着。

意识仿佛要沉入漆黑的海，又因低柔的呼唤声而清醒。你勉强睁开眼，江沉闻紧紧地将你抱在怀里，鲜血染红了他的双手与衣服，还有些许沾染在长长的发梢。

“对不起，我只预知到秋天的结局，没有预知到这件事……”

那双艺术品般修长的手染上斑斑血痕，似乎想要触碰你的脸，却因一瞬的迟疑而收回。

预知？听不懂是什么意思，你却被刹车巨大的尖啸声惊到。

“江沉闻，江许死了……”你不知道自己为什么会这样说。

江沉闻抱着你迈出车外，向来低柔从容的嗓音略带沙哑：“亲爱的，我还活着，我会陪你到秋天……不要再想那个人了，你看看我，好不好？”

破碎的记忆缓缓在脑海里连成片。

房间里藏着许多画，像江沉闻的风格，不过还相当青涩。其中一幅是车祸的画面，你逼问少年：“原来研究所的超能力培育是成功的……你早就预知到他会出车祸，为什么还要任由他出门？”

少年久久沉默着，目光晦涩。

“要不是他，我们早就死在那个研究所里了，江沉闻……”悲痛使你站立不稳，慢慢蹲坐在地，“你为什么……”

少年走过来，想将你拥在怀中，却被重重推开。

他的眼瞳中只有一片茫茫的沉静，却在你开始呜咽的时候终于划过一丝痛意，似流星划过漆黑的夜晚。

你在医院努力地睁开眼，听见江沉闻在说话。

“血液或器官都可以找我，我的身体完全和她匹配。”

医生惊讶的声音响起：“先生，不可能有基因序列完全一致的两个人，您……”

混乱中出现半晌沉默，江沉闻朝这边望过来，眼神温柔，轻轻地说道：“我是她完美的器官库。”

记忆断断续续地涌现——

“我们是鲜艳的玫瑰，染遍脚下的土壤，白色的岛屿，殷红的乐园。”

漆黑的孤岛上，伫立着苍白的研究所，又一个穿病号服的孩子悄无声息地死去了，尸体被研究员埋在树下。

年幼的你鼻子酸酸的：“江许叔叔，他因为我才……”

你从小体弱多病，每次生大病，那些被称为“器官库”的玩伴就少一个。

“他们是克隆的孩子，没有人的感情，不会难受的。”江许牵着你的手，语气温和，“你不一样，你是我们最完美的改造作品……孩子，你和你妈妈一样善良又强大。”

你是T国海上研究所最杰出的改造婴儿，由优秀的母体孕育出生，天生拥有卓越的智商与能力，但你唯一的缺陷是体弱多病，时刻需要克隆体作为储备库。

你轻轻放下一枝花。

这是你花了好久才采到的，每个死去的孩子都应该得到一朵漂亮的红玫瑰。

树后响起细微的脚步声。

树下倚着一个漂亮而苍白的长发少年，正平静地注视着你。他径直走过来，俯身拾起那枝给亡人的红玫瑰，扯下殷红的一瓣，将它放入口中慢慢嚼碎。

“这个不能吃！”你连忙出声提醒，“这个是给他的……”

“有什么关系。”长发少年缓缓抬眼，瞳孔中没有情绪，如同一个冷冰冰的漂亮小怪物，“迟早你也会给我献花，不是吗？”

世界好像都飞旋远去，你的意识坠入漆黑，如同一朵凋零坠落的花，却又被一线温暖的生机捞起，迷迷糊糊间，原来是细细的输血管被连接到你的静脉。

“这位小姐身体很弱，好像脑部还接受过什么记忆改造，多亏有那位江先生捐血……”护士聊天的声音忽远忽近。

你又睡了过去。

这次，你在生命另一端看见了江沉闻，他微笑着拥抱你，好似另一朵妖艳的花，与你相拥绽放，扎根在这个漆黑的世界。

——双生花。

不知为何，脑海里冒出这个词。一株二艳，并蒂双花。

它们彼此相爱，彼此相争，某一朵会永生永世地抢夺另一朵的养分，直到对方凋零，至死方休。

不知又昏迷了几天，你是在洁白的高级病房里醒来的。

护士告诉你，你的身体恢复得比想象中更快，多亏了那位江先生几次捐血，日夜陪护。

“我的血型……和他配得上？”你缓缓地撑起身，看见床头摆了一束熟悉的红玫瑰，好像就是家里的那盆，江沉闻很喜欢它。

小护士点点头：“你们俩的血型完全配得上，院方吓了一跳呢。”

你环顾四周。

“在找江先生吧？咱们解放区最近不太安全，江先生先去忙了，还托我好好照顾这束花呢，他让您把这束玫瑰花当作他。”

视线定格在盛放的红玫瑰上，你忍不住伸手碰碰它的花瓣：“你怎么知道我找江沉闻？”

小护士也眨眨眼：“因为您昏迷的时候一直叫他的名字。”

是……是吗？

你愣了下，脸颊唰地一下发烫，连忙转移话题：“你知道解放区的领袖是江沉闻？那……生活在这里，你觉得怎么样？”

这话题放在外面很敏感，战争开始之后，每个人都草木皆兵、守口如瓶，但解放区却罕见地祥和。小护士立刻露出崇拜的神情：“日子比之前好过多了！我们半人也能找到好工作养家。”

你惊讶地抬头望向她，才发现小护士身后有一条猫尾正晃悠着。

“是啊……这样真好。”你轻声感慨。

又聊了一会儿，小护士似乎对你们的感情生活很是关心。在听说你们同居三十多天后，她立刻惊呼起来：“姐姐，同居了三十多天还是普通朋友？”

你疑惑地眨眨眼，这才知道原来她指的是患者关系栏。

“普通朋友？”你摇摇头，无奈地一笑，“以他的性格肯定是填配偶，再怎么也是男友。”

小护士支支吾吾地开口：“他……他填了朋友。”

你微微一愣。以江沉闻的性格，他为什么要这样填？

A.或许他始终不承认你 跳转16 133页

B.或许他在因为你受伤而自责 跳转19 141页

那分明像刀子的落地声，是从地下室传来的！

你冲到地下室，却打不开紧锁的铁门。

“江沉闻！”你急促地拍门，把耳朵贴到门上，里面传来诡异阴森的音乐声，像是在播放电影。

地下室不是人类待的地方，变不成人类的怪物就应该待在地下……你的脑海里出现各种糟糕的推测。

“江沉闻，你在里面做什么！”

拍门没有回应，你又重重地踹了几脚，坚固的铁门依旧纹丝不动。你咬咬牙，回去找了把手枪，对准锁孔——

“砰！”

大屏幕里播放着恐怖片，满脸是血的女鬼撕心裂肺地尖叫着，从楼梯上慢慢地爬下，仿佛要朝着屏幕外扑过来。

昂贵的黑西服外套被丢在一边，江沉闻颓然地坐在椅子上，只穿着血迹斑斑的白衬衫，修长苍白的手上握着把锋利的水果刀。

血顺着他的衬衫下摆流淌，一滴、一滴，打湿了他的皮鞋，在脚下凝成暗褐色的一摊。

“江……”你张了张嘴，过度骇然之下，竟努力了好几次才说出完整的名字，“江沉闻？”

江沉闻静静地注视着恐怖的画面，脸色从未如此苍白过，好似快要流失颜色的塑料假花，被劣质的颜料涂抹上斑驳的色彩。

——腹部那伤口分明是他自己划出来的，位置与你完全相同。

找不到投影屏幕的开关，你一枪打碎了装置，张牙舞爪的恐怖片画面戛然而止。

你走到男人面前："我回来了，江沉闻。"

听见声音，他缓缓地朝你抬起头，唇角慢慢勾起一个笑容。

"关上门，不要让怪物跑出去，亲爱的。"

"怪物在哪里？"你心中一惊，缓缓地问，"这里没有怪物，你……"

"我心里有只怪物，它偶尔会跑出来叫嚣，就像现在，从这里——"他慢慢地抬起右手，轻轻按在自己的心脏处，"逃出来。"

他天生气质独特，温柔又沉静，仿佛跑出来的并不是可怕的怪物，而是一捧罂粟——这种花天生就擅长渗出剧毒的汁液，会一寸寸侵蚀他的身体。

要救救他。

要把他从深渊里救出来。

"日记本是你故意摊开的，对不对？你的潜意识在盼望我救你……"你伸出指尖压在他的心口，听着他缓慢的呼吸声迫切地问，"我都知道了，你经历的那些事。是江许在她不知道的情况下对你做的……对不对？"

跳转21（147页） 找回记忆

你还记得昏迷前的最后一眼。

江沉闻如同被瓢泼大雨浇得七零八落的花瓣，将自己三十多天以来精心扮演的完美人设打碎，在你面前的只是一个自卑而晦暗的灵魂。

原来在喜欢的人面前，没有人能保持骄傲。

“我明白了。”这些想法都在短短一瞬被梳理清楚，你不顾小护士的阻拦翻身下床，捧起花瓶，笃定地说道，“我去找江沉闻。”

你很快办好手续出院，打了辆车回去。一走进江沉闻的房子里，你便出声唤他：“江沉闻？”

没人应声，是不在家吗？

“当啷——”

将花瓶轻轻放回餐桌，你四处寻找着，突然听见一声闷闷的金属落地声。

从哪里传来的呢？

A. 已得到线索1.3
跳转18
139页

B.江沉闻的卧室
跳转22
153页

C. 书房
跳转23
156页

你开始在江沉闻的帮助下拼命拾起从前所学的知识，努力让自己成为一个更合格的领袖。

如果决战之际江沉闻平安回来，你就继续和他一起向前。

如果他没有回来，你就独自领着普罗米修斯继续走那些没走完的路。

你不确定自己是否还能回到作为 Black 时的巅峰。

但你知道你就是她，你们本就属于一体，那些无数次轻轻响起的神秘耳语，或许正意味着你从牺牲的前一刻就做好了翻盘的准备。

是的，这只是一场名为遗忘的噩梦。

夜尽天明，每个人都要整装向前。

江沉闻从容如初。

死亡在前，他并不恐惧，也并不臣服于既定的命运，而是有条不紊地帮助你打理许多事务，你们就像最初那样配合得当。

转眼迈入初秋。

江沉闻昨晚在画室待了一夜。

你上楼找他，推开阁楼的门。

阳光就像是四四方方被裁下的一段旧时光，妥帖地披在江沉闻身上。他穿着白衬衫躺在长沙发上睡着了，枕在扶手上，沉静的容貌像沐在光里的油画。

画架上放着一幅没画完的向日葵，风格明艳，向阳而生。

本想伸手替他拨开脸侧的一缕乱发，不知怎么指尖逗留不愿离开。你凑近江沉闻，指尖小心翼翼地划过他的脸，缓缓向上，抚过他温热的薄唇、高挺的鼻梁……

手忽然被他轻轻抓住。

你吓了一跳，想缩手，却没成功。

“你……你早就醒了吗……”

江沉闻的唇边分明勾起了弧度，却仍躺在沙发上装睡，半晌他侧过头，轻轻地在你的掌心落下一吻，如同鹿在秋天惬意地偷吃了一朵小白花。

薄唇蹭过掌心最敏感的地方，痒痒的。你的脸由热转烫。

“早安，亲爱的。”他躺在沙发上慢慢地睁开眼。

他故意装睡！

你假装挪开目光，将目光转向油画，端详着，觉得那向日葵的颜色鲜明得刺眼，仿佛要破开画布，肆意盛放。

“这幅画你好像已经画了很久。”你坐在画架前，“画得完吗？”

自从战争开始，有太多杰出的艺术家都被埋没或死亡，是战火会摧毁艺术，还是艺术会重生于满目疮痍的土地？

迟疑间，你的右手再度被轻轻握起，是江沉闻在你身后俯身，执起你的手握笔，慢慢地在画布上落下热烈的笔触。

你睁大了眼，任由那颜色映入瞳孔。

“画不完也没关系，亲爱的。”

玫瑰香淡淡拂面，是他在你耳边轻轻开口，以这样亲密无间的动作一笔一笔教你画下新的花瓣：“你看，艺术可以诞生在每个人手里。”

——画布上很快又绽放出一朵向日葵。

你用眼角余光偷偷瞟过去。

阳光落在他的白衬衣上，而他柔软的一绺长发落在你的肩上，随着不经意倾身的动作微微向脖颈滑落。

他微笑着，像是阳光下明目张胆的引诱。

咫尺间，近得能听清你们彼此心脏的跳动声。

“江沉闻，我还是想等你回来画完这幅画。”你轻声道，“我还想听你说早安。”

腰被身后的男人揽过，你旋即被他紧紧拥入怀中，你朝后抬头，嘴唇冷不防被对方柔软的薄唇堵上，时光在阳光里变得绵软、漫长。

他轻轻地吻你。黄昏在露水里倒映出一抹暧昧的玫瑰红，在夕阳滑落、颜色褪去前，它们还来得及缠绵于爱意。

在决战爆发后，这一切将成为记忆里最美好最安宁的画面。

在迎接自己的命运前，江沉闻为你留下了最后一幅画：在蓝天白云的晴日下，你们并肩而立，望着这座和平的城市。

——是预知梦，还是美好的期望？你不知道。

2304 年 8 月 10 日，敌军在 T 国联盟的支援下袭击 201 城。南解放区的电子防御墙被敌军的武器打碎一面，城内外立刻爆发激烈的战役。

此役死伤失踪的人无数，其中还有许多普罗米修斯的高层成员。江沉闻亲临战场指挥作战，疏散公民。你留在后方安全处，成为运转普罗米修斯的心脏，统领全局。

2304 年 9 月 11 日，反抗军击退敌军联盟，并夺回了解放区。

你没有盼到江沉闻再回来。失踪者的名单送到了你的桌上，看着名单上那个熟悉的名字，你久久地陷入沉默。

“我会带你们继续往前走。”你眼神坚定，“而且在找到尸体之前，我不会放弃。”

他是罂粟，生于最混乱的时代，扎根最黑暗的土地；

他是玫瑰，用鲜血染红自己的花瓣，甘愿做新时代的殉道者；

他是向日葵，他将追求烈日与骄阳，至死方休。

那是最从容的赴死，最清醒的温柔。

秋天很快过去了，魏云澜发来情报。

“有消息说他还没死，被软禁在 T 国的一座研究所，但我不建议你去，太危险。他们想从他身上审出有用的情报，但一直没能如愿。”

不自觉间，你竟双手发颤，按了好多下才敲出一行“抱歉，我要去”。

2304 年 12 月 10 日，Black 亲自带领部队奇袭 T 国研究所，一举歼灭建筑中的大部分人员。T 国高层紧急撤离，撤离前下令对所有战俘开启毒气，不留一个活口。

你拎着枪，往走廊深处跑去。

还没跑到尽头，突然听见排风口释放毒气的声音。

江沉闻说不定还在里面！你咬咬牙，想往里冲。

“里面毒气太浓，我们的防毒面具撑不住这么久！”月拽着你想离开，“请您等毒气散开再进去！”

如果命运终于垂怜他一次，赋予他活着的机会，你怎么甘心与之失之交臂？

挣脱月的阻拦，你将防毒面具罩在口鼻上，匆匆向前走去。

“危险……佩戴者生命体征下降……90%……”

防毒面具发出滴滴的警告。

不知在走廊拐了几个弯，跌跌撞撞地扶着墙，你终于感到呼吸困难，身体像漏油的车，要费好大力气才能发动。

几个戴面具的敌人在眼前晃动，那些黑洞洞的枪口对准了你。

“砰”——前方却突然响起碾过满地鲜血的脚步声，脚步从容如斯，修长的身影将战争踩在脚下，他朝敌人抬起枪口，每一枪都精准而优雅。

你疑心是梦。视线却在迷雾中豁然开朗，你看清那个缓缓走来的男人，他戴着漆黑的防毒面具，半张脸阴柔出众，长发因汗水微微濡湿。

阴柔、美丽，像朵开得缱绻又漫不经心的鲜花，纵然伴随未知的危险。

“亲爱的，你来找我了。”

他发出一声不合时宜的轻笑，低柔地说：“带我离开这里，好吗？”

你们的防毒面具正同时发出危险的警报声，那是生命流逝的前兆。

前方走廊分成左右两个岔路口，一旦选错方向，或许会走入无尽的毒气中。

A. 向左
跳转29
168页

B. 向右
跳转26
163页

基因研究所的试验品孩子们，他们在苍白的建筑里长大，又将在那座孤零零的岛屿上死去。

曾经她与他也是T国培育的孩子，不同的是，她由最优秀的母体孕育出来，天生拥有卓越的人种基因，而他只是克隆出的器官库。

女孩的母亲在病床前给她讲过的童话，也都通过她讲给了少年听。

渴望上岸的美人鱼、长不大的彼得潘、想要成为男孩的匹诺曹……美丽的故事背后是一次次非人的残忍实验，所以在女孩的印象里，她的母亲总是虚弱地躺在床上，朝她温柔微笑。

没人知道那些微笑的背后是多深的绝望。

女人在某天夜里悄无声息地奔赴死亡。

——如果没有那个叫江许的研究员，如果他没有偷偷爱上作为试验品的母体，两个孩子的命运或许会是永远留在这座岛上。

女人恳求江许带她女儿逃出这里。江许勇敢地照做了，他抱着女孩在警报声里跳上出逃的船，考虑到女孩体弱多病，顺便带上了这个少年，当作备用器官库使用。

三个人风尘仆仆逃到201城。

女孩暂时忘却了丧母之痛，很快被这座新奇的城市所吸引。少年的眼里却毫无波澜，望着人群与望着爬行的蚂蚁并无区别——这让江许感到后怕。

他不懂善良，不懂人情，更不懂爱。

如此下去，他不会心甘情愿地为女孩输血甚至捐献器官。

于是——

“在她不知道的地方，江许要求你做个善良无私的人，要你无条件地保护她。如果她受伤，你也要受同样的伤——”你望着安静坐在椅子上的男人，缓缓出声，“如果你达不到善良的标准，就要接受惩罚。例如被关在这个黑暗的地方，一遍一遍地观看这些可怕的电影。”

如果你没猜错，他不是单纯的强迫症，而是个典型的 PTSD 患者。因此他才会有那些严重的触景生情反应，包括……无法停止的自我伤害。

他真的害怕恐怖片。

你那时候还不知道，人心的天平可以偏向到这种程度，尤其是当疯子成为两个孩子的监护人。他可以让这个家变得一瞬天堂，一瞬地狱。

可江沉闻逃不出去。

哪怕江许已死去多年，他也无法停止那个漫长的噩梦。

因为 Black 就是他另一个温柔的噩梦。

她注定是吮取他养分存活的另一朵双生花，如果他想自由，就应该在江许死后，杀了她。

可他没有。

因为他深深爱上了她。

所以，在她误以为自己是所谓“解铃人”，穿梭于各个时间线，爱上不同男人的时候，他选择从她的世界退场。

所以，在她彻底失忆误以为自己是所谓“探员”的时候，他选择承担误解，让她自行探索，直到今天才得到真相。

他掌握一切，却又被她掌握。

那封在床头柜翻到的文件已说明一切。

在那一刻你才明白：江沉闻频频把你认作 Black 的错觉，那些不时闪回的奇怪回忆，最初在培育仓内你脑海里轻轻回荡的话语……这些都指向一个事实。

你不是什么白月光替身，也不是什么被选中的探员，你就是 Black 本人。

他们没有第一时间杀你以绝后患，是想利用你去完成摧毁反抗军的“解铃计划”。

从一开始，解铃计划就是一场骗局。它让你以为自己站在了正义的一方，亲手去摧毁自己曾经努力构筑的一切。

因为被改造过，只有你的意识足够强大，能承担得起时间穿梭给普通人带来的毁灭性伤害。

温越、魏云澜和沈妄许是你一手培养出来的，只有你才知道要如何接触他们，只有你才能卸掉他们的利爪与尖牙——回到一切还没有发生的年代，由你自己来摧垮你的努力。

在无数个时间线里，你以为的完满结局恰恰是个悲剧。

解铃计划。

解铃，还需要系铃的那个人。

“都过去了，江沉闻，我绝不会像江许那样对你。如果当年我知道他对你做的事，我也不会那样……”

他身上流淌的血太惊心，你无法再说下去。

于是你在椅子前蹲下，摸索江沉闻的衬衫纽扣，将它们扯开，想查看他腹部的伤口，却被轻轻抓住了手腕。

“亲爱的，我是个天生的暴徒、坏人、偏执狂……你是有多疯狂，才敢回来找我？”他坐在染血的椅子上，长发垂落，衬衫敞开，“怪物还没走，它会伤害你。”

“那么，打算如何伤害我呢？”你不退反进，抓过他修长而苍白的右手，抵在你的喉咙处。

冰凉的指尖轻轻地触摸你的脖子，沾着他的血，抹在你身上。

“今天我才知道，我和你一样疯狂。”你一字一顿。

他的容貌在半明半暗之间，像是致命又让人忍不住想接近的美艳毒花。

他轻轻捏着你的喉咙，俯身贴近你的耳朵轻语：“比如，在你爱上别人的时候，把你强行囚禁在我家；比如像个变态到处跟踪你、监听你；比如，一点点折磨你爱上的男人，直到你屈服于我……怎么样？”

他就像是冷静与疯狂制成的培养皿。

但你知道，那些致命的罂粟并不会穿膛而出。

“可惜，”你悠悠地说道，“以上均是你干不出的事儿，至少对Black小姐干不出。”

握在你喉咙的指尖一松。

江沉闻的眼瞳深处仿佛悄然点亮火焰，他仿佛大梦初醒，沉默半晌后，轻轻笑了起来。

“亲爱的，你说得对，我和我的怪物不合，唯独有一点我们都很确定——我爱你。”

在这之后，你们依然住在一起，江沉闻依然每天慢悠悠地泡茶给你。但又有什么不太相同——就像是即将卸下大任般，他开始逐渐将普罗米修斯的管理裁决工作交给你尝试。

作为 Black 的记忆已被格式化掉，很难再找回来，你只好从头开始整理，好在有底子在，不算太吃力。

外界请来了T国援兵，对解放区的进攻愈发激烈，战事告急，领袖自然无法歇息。整天泡在书房里的人变成了你，常常忙起来就忘了时间。

手环里消息已经滴滴响了几遍，全是江沉闻发来的，问你是否要吃饭。

最后一条停在半小时前："亲爱的，要喝茶吗？"

你回了"要"。

不一会儿，你就听见三下轻轻的敲门声。

江沉闻端着冰茶走进来，他今天将长发松散地束起，还穿着白衬衫，逆着光，衬衫的颜色晃得你眯起眼。

你接过玻璃杯，觉得有些冰手，随口笑道："快到秋天了，怎么还是冰的？"

话音刚落，心思先略微一沉。

江沉闻却并未有半分恼怒，他慢悠悠地倚在你的办公桌前，随手拿起文件瞧着，视线却不经意似的滑落到你身上，似笑非笑。

"想骗一骗时间，让它慢点走。"

你们都心知肚明，秋天已经快要来了。

——在江沉闻最后的预知梦里，无论他如何处心积虑，想要改变命运的轨迹，得到的结果却都只是死亡。

如果江沉闻能预知到战争的具体时间与方式，你们便能立刻想出应对的法子，可他的预知偏偏在这个时间段是空白——他通常会把梦到的场景变成画作，唯独这个时间段，他竟全然无法落笔。

在决战到来前，你们只能尽力。

“真希望夏天永远不过去。”你沉默了一下，低声道。

“时间会永远向前，亲爱的。”江沉闻笑了笑，“属于你的岁月还很漫长，你还要向前走，过很多个夏天。”

“没有你的夏天吗？”你脱口而出，“我不想要。”

江沉闻正专注地看文件，听见你说话，他的眼睫颤了颤，抬眸对上你的视线，在逆光里将你完整地描摹出来。

你被他盯得有些脸热，不自觉地想要挪开视线，却被他用白纸轻轻一挡，要转过去的视线恰好被截了下来。

江沉闻依然倚坐在办公桌旁，眼里的笑意勾魂夺魄，他朝你倾身过来：“亲爱的，你知道 Utopia 是什么意思吗？”

你的目光无处安放，只好又落在他的眼里：“乌托邦？”

“美好得不可能实现的地方。”他与你的唇已近在咫尺，他的气息卷着玫瑰香水味同时飘来，“是你把不可能变成可能，你就是我的奇迹，我在这个时代唯一信仰的……Utopia。”

玫瑰在你唇齿间绽放，甜美的花瓣顺着他轻声说出的话语滑入胃里。

“嘘，我们偷偷相爱一下，别让命运听见。”

命运或许……值得反抗一下。

A. 未搜集
线索1.1
跳转20
142页

B. 已搜集
线索1.1
跳转24
157页

你站在卧室房门外，小心翼翼地敲了敲门，才走了进去。

这三十多天里，你们都不曾冒失地踏入过彼此的卧室，对你来讲，这是房子里最神秘的领域之一。

心脏莫名地跳得更快了些。

这座房子本就向着朝阳的位置建造，他的卧室简直亮得刺眼，所有的黑暗都无从遁逃。

房间里若有似无地飘着淡淡的玫瑰香水味，悄然攻占你的鼻腔，犹如它的主人，天生带着一种暧昧又神秘的气息，擅长在他人心中攻城略地。

桌上放着摊开的笔记本。

奇怪。好像……你今天遇到的很多私人物品都是摊开的。

那果然是本古旧的日记，从江沉闻少年时期开始被记下，包括他与 Black 小姐，他与江许之间发生的所有事情——

你越看越惊心，越看双手越颤抖，原来他经历过这样的过往。

一张纸从夹层里掉出来。

纸上是笔锋锐利、瘦长俊美的笔迹，还画着你看不太懂的路线。

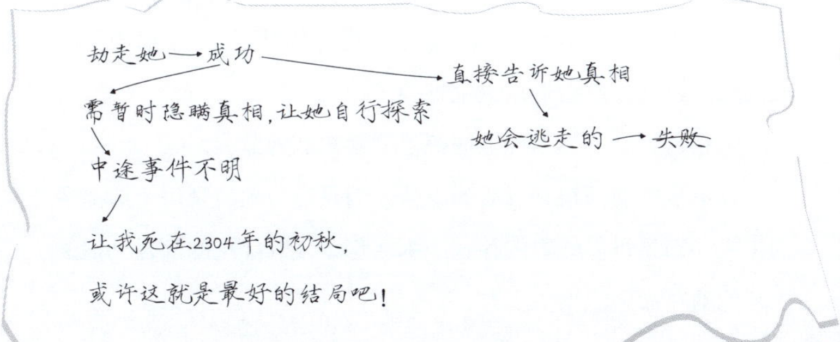

她选择温越

我需在暗网提供帮助　　我没有提供帮助的话

~~她会因为筹不到钱遇害~~

她会爱上温越 → 我从火海里把她带走

她选择魏云澜 → 她和魏云澜在一起了

（被魏云澜买了同款大衣，真不爽）

魏云澜死在大火里，

而她……她一生都不会知道，她用来维生的部分器官是我捐出的

她选择沈安许 → 我也去了2289，但……看到她的时候，

忍不住把情报全告诉她了

在撤离时需要替她拦下12号　　我没有替她拦下12号

虽然她会嫁给沈安许　　~~她会死在12号的刀下~~

她会独自离开

看起来……他好像在追求某个“最好的结局”，而那些无法被达成结局的路线，都被他用钢笔划掉了。

越看越惊心，你迟钝地理解了“预知能力”。

并不是单纯预料到以后的事情，而是……预料到每个选择会导致的未来。如果世界线真的存在，那么每条线的江沉闻都是共通的。

他站在命运的洪流上方。

原来在暗处始终有这么个人，他居高临下地俯瞰着另一个人的全部命运。任何一个拐点、任何一个结局……都逃不过他深邃的眼瞳。他冰冷而镇静地将自己也当作一枚棋子，无数次的试错，成就了你眼前的江沉闻。

一阵难以自控的战栗顺着脊背悄然爬上来，好似有人用修长的指尖漫不经心地轻轻滑过你的后背，以这样的方式无声宣判，你逃不出他的手掌心。

你连忙转头，却发现身后空无一人。

原来这只是你的错觉。

**获得线索1.3**

A.查看床头柜上的文件
扫描二维码

B.已获得1.2线索
跳转25
162页

C.悄悄离开
跳转回19
141页

慢慢地在书房里走着，视线扫过铺天盖地的书籍，有童话、小说、传记、学术资料……你惊讶地发现，每一本你都无比熟悉，乃至于随手取下翻翻，你甚至能自动想起它的全部内容。

江沉闻平时都会在这里看什么书呢？

你随手拿起一本，却发现是本《洛丽塔》。

洛丽塔，我生命之光，我欲念之火。我的罪恶，我的灵魂。

这句话被人用红笔凌乱地勾掉，几乎看不清全句完整的内容，你疑惑地翻翻，发现全本书几乎都充斥着这样凌乱的线条，看着惊心——看书的人似乎完全不喜欢这本书的内容。

他好像很喜欢落地窗，连书房都连接着阳台，明媚的阳光洒入，照得洁白的茶桌颜色刺目。

你情不自禁地走近落地窗，发现桌上确实摊着一本书，是关于照顾失忆症患者的指南。那本书显然已被翻阅了无数次，被耐心地标注画线。

1. 对于患者来讲，日夜陪伴是必不可少的。

2. 如果患者极度抗拒，请先不要对患者说出那些被遗忘的事情，不要刺激患者。

……

你小心翼翼地将书翻回原页，离开书房。

跳转回19（141页）

如果未来注定会发生战乱，那么必定是 201 城解放区遇袭。

你打算利用普罗米修斯现有的公信力号召其他解放区的首领一起开会，商议共同抵御敌人。

——命运线的改变往往以某个人的决定为拐点。

只不过在此之前要做好充分的准备，才能说服这些人。

接下来许多天，你都忙于着手准备材料。

江沉闻开车带你穿越城区，停在议事厅门口时，你还坐在副驾驶位默默地背诵材料。

“亲爱的，”他轻轻笑道，“这么紧张？”

在你作为 Black“牺牲”后，会议往往由江沉闻代你出席，但这次如果想表达出诚意，就需要你亲自出面。

你默默地深呼吸：“不然……你也陪我进去？”

得到的却是对方轻飘飘的一声笑，他无辜地回答：“我可是个艺术家，顶多算是你不在时的一个代理首领，哪有资格参加这种重要会议。”

你：“……”

的确，这件事需要你去亲自表明自己的能力。

你飞快地瞪他一眼，推开车门要出去，却冷不防被江沉闻一把抓住了手腕。

拗不过他的力道，你轻轻惊呼，被他报复似的拽得往后一摔，正巧摔回男人的怀里。鼻尖碰到他的西装襟口，你悲愤地朝江沉闻抬头，不料正迎上他蜻蜓点水的一吻。

柔软温热的薄唇正落在你的唇上，轻轻一触，又从容地松开：“去吧。”

你的脸好像更热了。但好像又多了点底气。

你拍拍脸，拿出气场来，穿着黑裙款款走进圆桌会议场，看见那些反抗军的首领都在等你。

穿漆黑军服的龙角男人率先站了起来，用金黄色的瞳孔注视着你。其他首领也立刻跟着站起，纷纷朝你表示敬意。

你深吸一口气开始讲话，好像渐渐找回了当年的感觉。

你要保护那些信任普罗米修斯的公民。

叽叽喳喳的半人小护士，她曾经因种族被百般打压，一度绝望得要跳楼；广场里结伴走过的女学生，她们柔弱的身躯在炮弹的袭击下没有任何防御力。

那些死在手术台上的少年，那些没来得及享受童年就匆匆结束一生的孩子；还有曾寄人篱下遭到身心虐待的温越；曾对战争绝望的青年魏云澜；曾被人类当商品贩卖的沈妄许……这个时代是如此荒谬，需要有人来颠覆它。

演讲很成功，你顺利获得了所有人的支持和拥护。

返程路过住宅区时，你愣了下，让江沉闻停车。

“这里……我一直以为这里是我家的小区。”

曾经你心心念念想要见到爸妈，却不知……那只是一场残酷的玩笑。

你根本不是他们牺牲的女儿。细雨蒙蒙，白发苍苍的妇人拎着一大筐菜，蹒跚着朝老旧的楼道走去，正是与记忆里很相似的脸庞。

四年并不长，却让她提前白发苍苍。

妈……可是还想这样唤她一声。

你眼睛发酸，走过去帮那妇人拎菜："阿姨，给我拿吧。"

妇人见你友善乖巧，喜欢得又牵手又打量你，还连连道谢。

临走之前，你站在门外，深深地鞠了一躬当作告别。

回到车上，你们一时都没有说话。

"江沉闻，"你轻声问，"墙上挂了那么多我的照片，如果你确信我死了，会不会把它们都摘掉，免得伤心？"

江沉闻安静地开车。

过了半晌，他才缓缓地答："不会，亲爱的，你在地下会孤单，对我来说，没有你的世界也一样孤单。我会立刻去陪你。"

"那……"你又问，"之前你说帮我找到爸妈了，真的假的？如果我没有恢复记忆，直接跑去找他们怎么办？"

"命运线也有过几次这个情况，"江沉闻想了想，"我安排了两个整容的演员提前截住你，就说你们中奖要立刻搬家了，然后带着我财产的三分之二，远远地离开这座城市，去安全的地方住。"

你惊讶地睁大眼望着他。

中奖搬家……果然是江沉闻能想出来的办法。

夏天结束了，一同结束的还有和平。

幸好在命运降临前，你们已做好了充足的准备。

2304 年 8 月 10 日，敌军在 T 国联盟的支援下袭击了 201 城南解放区，电子防御墙被敌军的武器打碎一面。在南解放区岌岌可危之际，四方的反抗军赶来，与普罗米修斯的成员们一同完美地击溃了这次阴谋。

经此一役，你们夺回了被敌人改造的沈妄许，原来被俘时他并没有死——借助最新的技术，他很快就能适应这个新的机器身体。

江沉闻亲临战场，指挥作战，疏散公民。

你则留在后方安全处，成为运转普罗米修斯的心脏，统领全局。

偶尔手环滴滴作响。

“亲爱的，我这边一切安好。”

你松了口气，微微一笑，输入“继续前进，加油”。

正值一鼓作气之际，不妨直接攻下 201 城北区——

“遵命，我的 Black 小姐。”

2304年12月31日

自 201 城全境成为解放区以来，便不再受外界战乱的侵扰，城里的公民安逸地生活着，城外的反抗军仍为了新的明天而努力。

听说今天就是江沉闻带队回城的日子。

这个跨年夜，城区笼罩在一片喜气洋洋的气氛里，你慢慢地走在热闹的城市里，心情愉快。

突然有个小女孩拽拽你的衣袖，求你帮她把挂在树枝的气球取下来。

你连忙着搬来小凳。

——酒红色轿车驶过流光溢彩的街区，停在路边，在路人的注视下，一个修长笔挺的身影款款下车。

——长发男人穿着熨帖得体的黑西服，薄唇扬起神秘而矜贵的弧度，领口别着一朵熠熠生辉的红玫瑰。

他从容地整理一下衣领，迈步朝着这边走来。

有人天生值得被众星捧月。

四周短暂的寂静终于使你怀疑起来，忍不住想回头，不料竟踩翻了小木凳，惊呼一声朝后摔去。

“啊……”然后，在路人的起哄声中，你摔入一个熟悉而温暖的胸膛，耳畔响起江沉闻低柔的笑音。

“亲爱的，一见面就投怀送抱，原来你这么想我？”

END

新年

你还没从惊愕中回过神，突然留意到桌角的东西。

那是个被耐心拼起的瓷器，一片一片，连细微到指甲盖大小的裂片都被耐心地粘起，勉强恢复成原来的样子。

你无端想象出江沉闻在阳光下耐心拼瓷器的样子：他安静地、一丝不苟地将它修复完好，就像他小心翼翼地等待某个人捞起昔日的记忆。

原来他真的很珍惜这个茶罐。

你走过去仔细地观察着，却在角落里发现了一行字。

十八岁生日快乐，江沉闻。

很敷衍的礼物，被他小心翼翼地拼好，收藏至今。

那是你的笔迹。

跳转回19（141页）

一路向前，不料眼前的毒雾愈发浓重。

你渐渐失去了力气……

END

迷雾之中

**提示：路线错误，重新选择。**

“警告……生命流逝60%……”

这已经是个极度危险的数值，你渐渐体力不支，几乎快要摔倒，突然被身旁的江沉闻牢牢抱起。

他的面罩显示生命流逝 80%。

这是……濒临死亡的数值。

他抱着你在阴森的走廊里一路向前，咫尺间，你听见面罩下他逐渐加重的呼吸声。

“江沉闻……”你虚弱地说，“千万别死啊，跟我一起活下去……”

“警告……生命流逝70%……”

“不要哭，亲爱的。”他的呼吸声沉重，嗓音却未乱，如同低低的吟诵，“如果我在黎明到来的前一晚离开……不要哭，因为我们早就把生命托付给理想，等你实现它的时候，我就与新的时代同在。”

不知何时，你竟落了泪。

你努力地笑了笑：“这么漂亮的话……其实你不是这样想的吧？”

良久。

“嗯，我确实不是这种人。”江沉闻轻轻地叹了口气，“我只是……想让你记住我……记住江沉闻这个人，记住他说的漂亮话。”

他轻飘飘地将私心坦白，话语很轻，淡然地咽下一口涌到喉咙的血。

“从此你遇到的任何男人，他们都比不上我。活着要占有你，死了还要占有你，这就是我最真实的想法。”

你想笑，却被一阵腥咸的咳嗽打断。

前方依然是岔路口。

这或许……就是最后的岔路了。

A. 向左

跳转2
100页

B.向右

跳转28
166页

结束了……

天光亮起的时候，你缓缓抬起头，摘下防毒面具，将它丢在一旁，眼泪终于顺着脸庞肆意流淌。

魏云澜已经领人赶到现场。

他见你一个人缓缓地走出，愣了下，冲过来将你紧紧扶住。

“没事了。”恍惚间你靠在男人有力的胸膛上，嗅见他身上淡淡的烟味，听清他沉稳的嗓音，“已经没事了。”

他不是江沉闻。

你忽地清醒了些，摇了摇头，轻轻地推开魏云澜：“结束了……回 201 城吧，还有很多事没做完呢。”

没人敢问你江沉闻的下落。

只有你知道走廊里发生了什么。

虽然选择了正确的出口，可你的防毒面具已经失去了作用，而江沉闻将他的强行让给了你。

“亲爱的，看来我要留在这儿了，你出去代我看看未来的和平世界，好不好？”

他将自己暴露在致命的毒气中，身体以可见的速度慢慢衰弱。

可最后时刻，他依然满足地笑着。

在魏云澜和温越的照料下，你的身体渐渐痊愈。

出院的早晨赶上晴天，你平静地告别两个人，独自回到那栋承载记忆的房子里。

你走进厨房，拉开橱柜下层，取出茶叶罐里的茶叶慢慢沏茶，然后坐在桌子旁边，安静地等待它飘出香味。

喝了一口，很苦，不是甜的。

你忽然又想起了江沉闻，想起每次沏茶，他都会温声问你:“加糖吗？”

原来……这种茶不加糖的话，这么苦啊。

眼泪毫无征兆地流了下来。

后来，每当想念他时，你便会走进画室。

当年失忆未愈，你还不理解江沉闻的时候曾误入阁楼。那时，城里传来战争的声音，阳光却安静地洒入他的画室，你看着他慢慢勾勒出向日葵的轮廓。

一团团，一簇簇，向阳而生，永不熄灭。

人终究会成为黄土一抔，战争终究会结束，唯有向日葵，它们会一代一代地成长。

——当时他回头微笑，温柔地对你诉说：“战争湮灭不了人性与爱情，只要人性还在，爱情与艺术就存在。”

“亲爱的，我对你的爱也永不湮灭。”

2345 年，在 Black 的带领下，反抗军的旗帜终于插遍这片土地，歧视与被歧视的黑暗时代终于过去，人类与半人对立的历史被匆匆翻页。

那些作为试验品的孩子们和战争将化为历史课本里的几行字，而你的名字也终将长久地留在光辉的一页。他们会知道，是你在战后下令销毁所有违背人伦的基因研究资料。

END

向阳

29

“警告……生命流逝80%……”

你拉着江沉闻匆匆地向左边跑去，又顺着拐角快步向前，环顾四周，拼命寻找逃生的出口。

察觉到你内心的焦急，江沉闻握紧你的手。

“别怕，亲爱的。”他嗓音温柔，“有我在。”

可你分明看清他的脸庞正渐渐失去血色。

数月不见，他比以前清瘦了许多，他在这里必定受了不少折磨，却仍如此轻描淡写，将所有经历都化作不经心的笑容。

你觉得无尽的长廊就像一场噩梦。在这噩梦中，你或即将醒来，或将永远坠落。

前方突然出现了另一条向右的通道。

A. 拐进通道
跳转26
163页

B.继续直行
跳转27
164页

SHOU LIE
LIAN REN
狩猎恋人 · 温越
温越
WEN
YUE
性格：沉郁孤僻
攻略难度：★★★★
我以勋章起誓，爱你至死不渝。
点击进入

查看温越身份资料

系统：开始穿越——

火焰，鲜血。

你倒在地上，半明半暗的视线里，雪白的药片洒了满地，有人正缓缓朝你走近，将它们无情碾碎，那人的脸庞缺少血色，气质清透，神情阴郁。

这是……温越?

当事人的恐惧沉沉笼罩了你，让你无法掌控自己被吓瘫软的身体，无法行动，无法叫喊。

只有颤抖。

你眼睁睁地看着他走过来，蹲在你身边低垂着眼睫望着你，漆黑的瞳孔没有一丝光亮。

你的双眼被他轻轻捂住，捂住你眼帘的手指微微颤抖，掌心还沾着黏稠温热的红色液体。青年的嗓音慢慢响起，声线微颤，混杂着挣扎与痛苦。

“还记得吗?你父母告诉过我，如果死亡的速度足够快……就不会痛。”

你喉咙一紧，无法呼吸。

“我已经不能回头了，你要是恨我……下辈子换你来杀我。”

剧痛让你发出窒息的声音。

他掌心轻轻地拂上你的眼皮，为你合上双眼。

“对不起，我只是想活着。”

1

2300年2月5日 上午7:12 北城区

阴云压低，闷闷地覆盖着这座钢铁森林。

上课时间快到了，道路上不时看到穿军绿色校服的学生们匆匆向前。

北区军校的老校区是特意为半人学生改建的，坐落在烂尾楼和厂房处处可见的老街。常能在破败的建筑间看到许多没钱念书的半人混混，他们会打劫被“选中”的倒霉鬼。

楼檐下，五六个壮硕的半人混混豺狼般围着一个清瘦的人类青年。

“破财免灾懂不？人类跑来咱北区转悠，哥几个看你就不爽！”为首的黄毛手里夹烟，痞笑着晃手，“小白脸，你也不想让这玩意戳你脸上吧？”

那被蔑称“小白脸”的青年微微垂目，一言不发。

“老大，我见过这小子，他爹妈死得早，是寄住在亲戚家的病秧子！”有个喽啰发现新宝藏似的，得意扬扬地嚷出口，“别看他整天拎个书包，他家根本不让他上学，文盲！”

混混们哄笑，青年漆黑的瞳孔缓缓抬起了些，他微垂的视线里没有情绪，这一抬眸，立刻显得阴冷沉郁起来。

眼神冷漠，划过一丝不要命的阴戾。

黄毛表情不自觉微变，喽啰的喊声拯救了他的面子：“有个小丫头鬼鬼祟祟地看着咱们！”

躲在阴影里探头探脑的女孩吓得挪不动步，很快被动作麻利的喽啰们连拖带拽弄了过来。

“看什么看，你男朋友啊？”混混把她往青年身上推。

“我不认识他，你……你们放开我！“

恐惧的尖叫响彻你的意识——

你猛地睁开眼，发现胳膊正被人狠狠拽住，本能地想拔枪，却被混混猛推到一个缺少温度的胸膛。

“唔。”他的闷哼像轻软的羽毛蹭过你的鼻尖。

视线终于清晰起来，眼前孤僻的青年，清隽而俊朗，缺少血色的嘴唇正紧紧抿起。

温越？怎么回事？

温越往这边扫了一眼，冷漠而寡淡的目光让你不禁心颤。他突然抓住你的胳膊，一把将你从怀里拉开，你踉跄两下才站稳。

“我们不认识，”他语气寡淡而凉薄，“你走吧。”

“嘿，臭小子，敢在我眼前命令别人——”

你的意识还没完全清醒，立刻又被混混扯住。

见你再次被威胁，温越刚攥起的拳头悄然松开，垂了垂眼，眼神恢复死水般的晦暗不明：“你们连女学生都打劫？”

回应他的是黄毛迎面戳去的烟头，却见他微微偏头，好巧不巧地躲过了这一下，又在呼吸间抬手扭住了黄毛的手腕，疼得对方“嗷”的一嗓子。

格斗术？

虽然不太标准，但的确是非常的反应。

温越朝你一瞥，没了动作，仿佛刚才的行动都是错觉。

你看着他被踹倒在泥泞里，被鞋踩上苍白的侧脸，肮脏的鞋面肆意践踏着他的身体，拳头挥动与捶砸皮肉的声音愈发凶猛，他却连闷哼也没出一声——

迟来的记忆终于涌上脑海，这里是北区最乱的街道之一，在这里，愤世嫉俗的弱者，必定抽刀向更弱者挥去。

温越九岁时被你们家收养。那个还穿着葬礼上那件黑色卫衣的男孩，并没有因为伤痛得到一丝关照。

“你爸妈是被砍死的？啊呀……真可怜，不过那个歹徒下手挺快的，死得应该不痛吧。”

因为寄人篱下，纵然九岁开始拼命做家务、拼命看人眼色地活着，他还是挨了两口子无数白眼；纵然十岁拼命想融入街道玩耍的男孩子们，得到的却也只是“异类”的嘲讽……当欺负一个人已然成为常态，甚至无须理由时，谁也不会意识到，“欺负”本身就是不正常的。

表妹胆小怕事，既想接近他又怕被他牵扯，所以温越对她只有冷眼。

包括今天。

养父母要求他每天接送表妹上学，但表妹并不承认自己有个表哥，每天走得飞快，远远甩下温越在后。不料今天温越遭遇了一伙混混，她鬼使神差地跑回来偷看，被眼尖的喽啰逮个正着。

多年后，他成了那个排名第一的赏金猎人“月”。

彼时他已换了身便于潜伏的黑衣，习惯独来独往，尤其善于悄然降临于目标身后，他并不会因为任何哭喊与求饶而心软，就像十九岁的温越，并不期待任何好事发生。

距离他彻底坠入深渊还有半年时间，或许……他早已筹备好那场计划，现在只是在伪装自己。

要怎么办呢？

A. 出手对付混混
跳转3
176页

B.继续观望情况
跳转5
181页

你迅速从泥泞里捡起旧背包，发现只有两支笔，一个旧本子，还有个旧款式的联络手环。

来不及想太多，你迅速地折回将手伸向他的衣袋。

**得到线索1.1，一个旧款式的联络手环**

跳转 4（179页）

此时的他并未成为杀人犯，不该遭受这样的欺凌！

要让柔弱的身体适应你记忆里的格斗技巧，你将微乱的呼吸调整平稳。

雨下大了，合着殴打的声音，劈头盖脸响成一片。

“老大，他不会死了吧？！”

黄毛有些打怵，强撑面子，他踹了温越的胸口一脚：“装什么死？”

大雨浇透了青年的衣发，抿起的唇也因疼痛彻底失了血色。这一脚不知又踹疼了哪处伤口，他皱起眉，微微蜷起瘦削的身子，低低咳嗽起来。

他缓慢地睁开漆黑的双眼，看见你被吓呆似的站在原地，阴郁的冷意更沉了些。

谁也不想被人看见自己狼狈的样子，尤其对方还是平时最看不起自己的小表妹，但现在不是顾虑面子的时候。

你迈步上前，语气平静：“在军校附近欺负人，是不是太嚣张了？”

混混们哄笑，黄毛伸手要扳你的脸，你抓住他的胳膊，过肩摔一气呵成，将毫无防备的黄毛重重摔在泥坑里，狠狠一脚踩上要害。

四个高大的混混目瞪口呆，朝你扑来。你出手戳向一个半人的双眼，趁他捂眼之际将其削晕，再迅速从泥水里摸起一根结实的钢管，旋身痛击偷袭过来的第二个狼形半人。

当第三个壮硕的半人也被击倒，你感觉虎口发麻——这女孩的体能远远比不过你穿越前。

第四个呢？

视线在瓢泼大雨中朦胧，树上潜伏的一团黑影突然跳下！

你后退半步，后背冷不防撞入一个冰凉的胸膛，沾着泥土的苦味。

“小心。”

迎面袭来的掌风被身后的温越擒住，他紧紧握住那混混的手腕，另一只手朝着对方的脸深深划了下去！

血光飞溅。

你错愕地回头，发现温越不知何时从泥地里拾起一片锋利的碎玻璃，全身上下有股不要命的阴郁气势。

他目送混混落荒而逃，丢下碎玻璃，又转过头望着你，眼神带着几分审视的意味：“你什么时候学会的格斗术？”

那你呢？难道是自学？

你很想问，但打草惊蛇是不明智的做法。

——与混混相比，眼前的问题少年才是最大的威胁。

你昂起头：“我在学校学的。”

温越淡淡收回目光，毫不留情地戳穿了你的谎言：“你上学期格斗术考了 C，被你妈关了一天禁闭。”

你：“……”

哗哗的雨声里隐约飘来学校早读的铃声。

“我快迟到了。”你犹豫地开口。

温越的咳嗽却打破了沉默，他拧起眉头，全身发软，好似力气被抽走一般。你连忙上前扶住他，听清他愈发剧烈的喘息声，另一幕记忆涌上脑海——九岁的温越第一次发病，捂着心口喘个不停，你父亲在男孩手里塞了一小瓶药。

“以后这就是你的救命药，一定要吃！”

你搀扶着温越，让他慢慢靠在烂尾楼的檐下，抚了抚他起伏剧烈的胸口：“等下，我给你找药！”

温越咳得话不成句：“不……”

A. 先翻背包

跳转2

175页

B. 先翻口袋

跳转4

179页

你翻到一个小药瓶。

“我不吃。”温越的每个音节都混着急促的抽气声，“别管我……你迟到了。”

你倒出两枚雪白的药片，要喂他吃。温越胸口剧烈起伏，却用手背艰难地挡住了自己的嘴。

为什么不吃药？！

拉扯争执间，药瓶猛地倾斜，“哗啦”洒出。

你一声惊呼。

“脏了，别捡。”身后传来温越压低的声音，他忍痛慢慢站起，“你爸妈要是知道你迟到，遭殃的是我。”

这可是救命药！

你朝泥泞扑去，却又被温越扯住胳膊，重重抵在烂尾楼的墙角，他将你逼在一隅，视线微垂与你对视，失去血色的嘴唇习惯性地抿着，终于再度开口：“你今天吃错什么药了？”

你抬起头，视线定格在青年清秀的眉眼，他的睫毛还挂着雨水，让你想起淋雨的野猫，你视线缓缓向下，小声回答：“兔子急了还咬人……”

你话语微顿，视线里他的白色衬衫被雨浇透，微微显露出瘦削却悦目的腰身线条，并不像你想象里那样柔弱。

半晌，迎面的阴郁与压迫感忽然消失，温越退后了半步，皱着眉颇不自然地挪开目光，急促出声：“别看。”

“月”总是独来独往，警局的线人最后一次目击到他的身影，是在黑市一隅，他专心擦着枪支的侧影，线人还没来得及进一步报告，温越的枪口就冷冷锁定了他。

彼时的首席赏金猎人，是个冷漠而缺少情绪的杀手，世间并没有让他格外在乎的东西。

——十九岁的温越，并不是那么缺少人情味。

A. 向前半步
跳转6
182页

B. 和他说话
跳转8
185页

混混不是好人，可目标也不是善茬，你继续观望情况。

但直到看完全程，满身狼狈的温越也没有暴露的意思。最后混混们扬长而去，你跑过去扶温越，却被他冷冷一甩拍开了手。

他习惯了表妹的怯弱，对你的旁观也并不意外。他艰难地慢慢站起，忍着疼痛消失在大雨里。

你知道，你很难有希望再拯救他了。

END

未开始的故事

提示：出手帮帮他吧。返回1（174页）

你不退反进，却没留意脚下是湿滑的泥泞，“啊”的一声朝温越摔去，双手向前乱抓，不慎正抓在他的腰上。

虽然……隔着湿透的衬衫布料，但他的腰身线条手感着实不错。

温越全然没有防备，吃了一惊，眼疾手快拎兔子似的拽住你的后领，阴郁开口：“你今天发疯？”

“没有没有。”你连忙摇头，“咱们好好儿说话，我不乱碰你。”

跳转8（185页）

想了一会儿，你点点头。

温越的人生不该是那样。

再睁开眼，你已经置身游乐场，小男孩快快乐乐地牵着爸妈的手与你擦肩而过。

“小越喜欢热闹的地方？”温越的爸爸笑着问。

九岁的温越用力点头：“是啊，我最喜欢人多的地方了！”

——你脑海里闪现十九岁的温越孤僻而瘦削，独自站在瓢泼大雨中。

“妈妈你看……那里有个大叔，好可怜。”小温越拉着妈妈的手，望向角落里落魄的男人，“我可以买零食送给他吗？”

温越的妈妈温和点头。

——你脑海里闪现十九岁的温越眼神晦暗，不再指望人群中的任何善意。

那个落魄的男人将会从口袋里拿出凶器，改变温越的一生。

你行动起来，在一家三口惊讶的目光中抢先跑过去，冷冷用枪口对准男人：“藏了什么？交出来。”

男人满脸不甘地拿出凶器，游乐场顿时乱成一团，保安很快过来将他扣走，连连对你道谢。

你再回头，温越已经被父母抱走了。

命运的连环已经被悄然改变，你松了口气，感受到自己的身体正慢慢淡去。

不如最后跳跃时空，再看看十九岁的温越吧？

2300年6月5日，北区军校门口

炎炎酷暑，学生们的制服连成一片明媚的海洋，他们穿过你半透明的身体，朝着校门走去。

“温越，咱们打会儿球再进去——”爽朗的呼唤从你身后响起，几个男生朝人群跑去，挥手招呼着。

你愣了愣，顺着那个方向望去。

茫茫人海中，青年单肩背着崭新的背包，笑容清透而干净，嘴上故作嫌弃：“快上课了，别祸害我迟到。”

“你小子说的是人话？”几个男生跑过去，和温越打闹成一团。

生活如此平凡，又如此来之不易，有人明天还要继续，有人永远留在昨日。

有两颗星星。

它们在东西方各据，参升起，商落下，起落交错，永不相见。

你慢慢挥手，朝他告别。

同一时刻，正和朋友打闹的温越好像感知到什么，朝这边看了一眼，眼神疑惑而迷茫，朝着虚无中的某个人挥了挥手。

少年的手心上，仔细地画着一颗星星。

END

动如参与商

你酝酿了一下语言。

“爸妈那边，我自己跟他们说，是我贪玩耽误了。”你认真对他说，“这世上没有丢下哥哥自己逃跑的妹妹，我不会丢下你的。”

对方的眼神中划过一瞬错愕，四周静得能听见双方的呼吸。

半晌，温越唇角微微扬起嘲讽的弧度：“如果没有这样的妹妹，那你又是谁？”

他不等你再开口，拾起旧背包，慢慢朝瓢泼大雨里走去。

你想叫他，却被打断：“放学接你。”

他忍着疼痛，瘦削的背影渐渐消失在雨幕。

记忆倏忽被拉回久远的年代。

温越十三岁，因为亲生父母的相框被邻家男孩摔碎，他红着双眼扑上去，将对方掐得快要窒息。对方家长闹上家门要求赔钱，温越被你父母勒令跪在人家门口，直到男孩原谅他。

雷雨交加，北区的小孩子们放了学，撑着伞，一股脑儿地涌出校门。

你背着小书包和朋友路过，小伙伴突然惊呼：“呀，那不是你哥哥吗？怎么跪在那儿——”

少年一言不发地跪在泥泞里，朝着邻家大门的方向，紧紧攥着拳，他全身被浇透，在冷风里仿佛要结冰。

挨打的半人男孩迟迟没有出现，少年最后发烧昏倒在雨水里。

你看着心酸：“站起来，别这样……”

记忆里的“你”却并没有这么做，而是在小伙伴们疑惑的目光里，深深地低下头，小声开口："你看错了，他不是我哥。"

他不是我哥。

不是。

声音并不大，却足以清晰地传入少年耳朵。

"你"同几十上百个过路人一样，与少年擦肩而过。无数五颜六色的伞，在孩子眼里如同雨天茁壮生长的蘑菇，却没有任何一朵是为他生长。

你迟到了半小时。

战乱时期最好的选择是参军，最好能加入南区的守城军——被称为"执行官"。

许多家庭会把孩子送进军校，但凡通过三年级的军官考核，就能风风光光地穿军装。但乱世能读书的毕竟是少数幸运儿，大多年轻人选择走进社会，游手好闲的就变成了街头混混。至于温越那样体质病弱，连打工也不被允许的则是极少数。

对于无劳动力人士，政府每年都会给补助金。

看了一眼附加任务，距离明月路遭遇恐怖袭击还有小半年，时间充裕，当务之急是阻止凌晨的狂化案。

下午最后一节课，你顺着窗往外看，校门口站着一个熟悉的瘦削人影，像是不经意地在保安亭下躲雨。警卫偷偷借他一本教材，于是温越从包里拿出笔记，写写画画，专注入神。

你定定地看着那专注而倔强的身影，女同桌小声惊呼："那个帅哥又来啦。”

你默默瞅她一眼：“你认识他？”

“我妈不让我跟校外人员说话。”女同桌一脸可惜，“听人说他几乎每天都来，借咱们的教材学习，态度客客气气，特别有礼貌。可惜咱学校格斗术这样的教材不能外带……”

客客气气？特别有礼貌？

你讪笑两声，听女同桌偷偷问：“你认识他？”

你不假思索地点头：“他是我哥。”

女同桌睁大眼瞧着你。

放学铃响，温越归还教材，朝警卫厅微微鞠躬，冒着小雨消失在校门口。

你气喘吁吁追到校门口，花花绿绿的伞将视线淹没，你举着伞一路小跑，不经意听到议论。

“是哪个部的学长啊？”

“要个联系方式？”女孩子们举着手环，叽叽喳喳地推搡，“你去你去……”

你转过头，在拐角的林荫小道看见了那个熟悉的身影：早晨的狼狈泥污已经不见痕迹，衣裤被洗得微微褪色，他安安静静地站在细雨里，让人分外赏心悦目。

像极了这里的学生。

仿佛他也像所有学生那样，正常地上下学，过着普通而枯燥的生活。

两个女生过去：“学长，能加个联系方式吗？”

温越神情平淡：“我没有联络手环。”

女生们看看他袖口下的手腕，修长白净，因为病弱微微透出血管的淡青色。

在这个时代，人类无论是买卖还是联络都少不了它，但也有特别贫困的人，最便宜的手环也买不起。

女孩子们表情尴尬。

你举着伞，走了过去。

A. 装成他女朋友 跳转10 191页

B. 老实叫他哥哥 跳转13 195页

因为刚才的话，你有些尴尬。

温越一声不吭地与你保持着半步距离在后面走着，雨渐渐大了，街道上绽放开一朵朵五颜六色的“蘑菇”。

你撑着伞等温越跟上来，不料他也平静地顿了顿步伐，站在后面看着你。

“淋雨会感冒。”你认真地抬头看他，“来，这伞够咱们一起撑。”

“不用。”温越的眼睫垂着，微微被雨水打湿。

你凑近半步，将伞举高：“如果你不想撑伞，我就陪你一起淋雨好了。”

温越愣了下。

“我只是觉得，这里有这么多伞，”你轻声回答，“至少要有一把是为你撑的。”

温越目光抬了抬，仿佛越过这副身体，与真正的你目光交汇。

见他愣着不走，你坦然将伞一收，冰冷的雨水“哗啦”浇在肩膀，收伞的手却突然被他抓住，掌心微暖的温度阵阵传到你的手背。

“撑好。”他的声音此时略显无奈，“我陪你走，满意了？”

你没料到他会这么直接，脸上隐隐有些发烫：“满意了。”

再偷偷朝温越望去，他突然松手，若无其事地挪开目光。

短短半年内扭转未来的结局，或许还是可能的，纵然是那双不见神采的双眼，也会在不经意间悄然裂开缝隙，那是阳光偷偷倾入的地方。

明月街……原来发生大规模袭击案的街道，恰好就是你家这条街。

过去拥有独栋小楼被视为富有的象征，但随着狂化现象严重，比起高耸的楼房，独栋变得十分不安全，所以价格便宜。

温越微微仰头，望着老旧的房子，难以自控的阴郁再次慢慢布满他的眼神。

“放心，老师原谅我了，爸妈不知道。”你轻声开口。

温越摇了摇头，沉默着推门。

你这才留意到他的嘴唇边有一点磕破的痕迹，不像是早晨留下的。不好的预感倏忽浮现，你快跑两步想拉住他：“温……”

饭菜香味飘来玄关，女主人在厨房忙碌，本是其乐融融的画面，因为男主人阴沉的质问猝然变为低气压：“药都找回来了？”

温越一言不发向楼上走，突然被男主人伸手揪住了衬衫衣襟，语气如同被引爆的雷：“救命药都能丢，你怎么不把自己也丢了？”

温越终于冷淡地抬起头，和他对视，嘲讽地勾了勾唇：“救命药？”

“臭小子，”男人愤怒地扬起巴掌，“没大没小，你跟谁说话呢？！”

女人端菜上桌，默许这一切的发生。

你睁大了眼，看着这一切。药瓶就在校服口袋里，被你微微捏紧……

A. 拿出药瓶
跳转12
194页

B. 不拿出来
跳转11
192页

10

你酝酿了一下情绪，三步并作两步跑过去，亲亲热热地挽起他的胳膊："让你久等了吧？"

温越的胳膊在你的臂弯里一僵，搭讪的女孩子们眨眨眼，识趣地散开了。

温越淡然的表情有一瞬破功，嘴唇动了动，没说出话。

"走吧。"你坦然地松开他的胳膊，大大方方往前走，"咱们回家。"

过了会儿他的嗓音再次响起，呼吸依然有些乱，但总算恢复了平静："你在哪儿撞到脑袋了？"

你装作没听见。

不知道为什么，面对一副孤僻模样的十九岁少年温越，你总想变着法儿逗他。

跳转9（189页）

不对劲。

你想起命案发生那一晚，温越曾真真切切地说过，想活着。

想活下去的人，不会因冲动推开眼前的救命药，将它轻易丢在泥泞里。

握着药瓶的手悄然松开。

男人的巴掌重重扇下，温越踉跄地撞在墙上。

“丢得倒容易！”

男人余怒未消，见温越踉跄坐倒，还要朝着他单薄的胸口再补一脚。

你看到温越漆黑的瞳孔里好不容易动摇的一丝裂隙，被狂风暴雨封闭。

“够了！”你再也忍不住，冲过去拦在男人面前，愤怒地抬头与他对视，“打有什么用？打能解决什么吗？！”

怒喝响彻房间。

温越缓缓抬头，平静地望过来。

男人震惊地看着你，连厨房里忙碌的女人都探了探头，看见软弱的女儿今天这么激动，于心不忍：“行了行了……来吃饭吧。”

男人冷冷哼了声，转身离开玄关。

温越扶着墙慢吞吞地站起来，一手拎起包，朝阁楼走。

你小声问：“吃饭吧？”

温越脚步顿了下：“我不饿。”

“那我也不饿。”你立刻表态，话音刚落，你的肚子就“咕噜咕噜”

乱叫起来。

这谎撒的……

再看温越，他唇边极淡地扬起弧度，再开口时，语气里带着初遇时的命令意味。

“去吃饭。”

**得到线索 1.3我决定暂时帮他隐瞒药的下落**

**跳转 14（196页）**

你举起药瓶：“我捡到忘了拿出来！”

扬在半空的巴掌停下，男人松开温越，夺过你手里的药瓶塞给他：“吃！”

温越沉默地接过药瓶，倒出两片，吞了下去。

饭菜做好了，女人在厨房里叫你们过去。

你应了声，正要叫温越一起去，回过头的时候，却见他早已拎着背包，慢慢地朝着楼上阁楼去了。路过半明半暗的交汇处，他稍微停顿了下，再漠然地朝着你的方向瞥了一眼，终于彻底消失在阴影里。

你将那一眼的潜台词看得清楚。

——多管闲事。

他好像一直都很抗拒吃药，可你想不通为什么。

明明在命案发生那一晚，他嗓音颤抖，低低将那句“想活下去”说出口。

跳转14（196页）

你走过去："哥。"

温越瞥了你一眼，也不管你是否跟得上，沉默着迈步朝前方走去。你小跑跟上他，小声问："你怎么不去校门口等我啊？"

他脚步微顿，闷闷看了你一眼。

怎么又生气了？你疑惑地看着他。

他嘲讽地勾了勾唇，语气泛起丝丝凉意："不想让你的同学知道，你有我这个哥。"

年少吵架的记忆涌现。

"你"眼圈通红，抹着眼泪，呜呜咽咽地对爸妈告状："你们别让他来接我了……学校里都笑话我有个人类表哥……"

"你"哭个不住，听见轻轻的脚步声响，这才后知后觉抬起头，看见单薄的少年静静倚在房间门口，又一声不响地转身消失在视线里。从此以后，但凡接送你出门，他都将自己藏在不易被察觉的阴影里。

跳转9（189页）

你想着凌晨将发生的狂化案，吃得心不在焉，还被“爸妈”骂了一顿。趁他们勒令你回屋写作业，你赶紧跑回房间，门一关，开始用手环搜索狩猎狂化者的黑市买卖。

为了对付几个月后的街区袭击案，你打算先赚些钱，起码要有武器在手才安心。

虽然像你这种狩猎次数为 0 的新人，多半不会钓上什么神秘买主，但……犹豫一下，你还是发布了狩猎预约。

万一呢，总会有人傻钱多的买主。

“叮咚。”

有人同意支付你开出的定金，足够你先买把手枪用。

你睁大了眼。

黑底界面弹出一行买家发送的消息。

Mr. Jiang：等你好消息。

[ 对方撤回一条信息 ]

你：“？”

刚才他是不是还发了一条“亲爱的”，又飞快撤回了？

应该是发错人了。

你想了想，很快发送：好的。

耐心等到十一点，夫妻已入睡，你小心翼翼推开房间门溜了出来。

想到温越没吃饭，你蹑手蹑脚地从冰箱拿了些面包饮料，敲敲房门，轻声细语地问他：“你睡着了吗？”

屋里没有动静。

轻轻地推了下门，不料它“吱呀”一声缓缓敞开，你才发现门锁损坏严重，像是曾被人暴力砸开过，无法锁上。

清幽的月光洒遍窄小的空间，没有人。

窗帘随风飘动，暗示着有人从这里翻窗。

小时候的记忆涌现。

“你”和温越都是要上初中的年纪，家里以他病弱为由禁止他继续读书，一向寡言的男孩和养父爆发了剧烈争吵，当天，眼睁睁看“你”拎着崭新的背包回家，年少的嫉妒让他做出了人生中第一件错事：他用剪刀把“你”的书包戳了个洞。

第二天大早，“你”哇哇大哭，温越终于意识到错误，飞快地逃回自己的小阁楼，反锁了门。

“让你锁门！”男人愤怒地吼道。

少年躲藏的小空间被无情入侵，他蜷缩在角落里，抱着头反复地说着“对不起”。

最后还是女人看不下去，拦下了狂怒的男人。

那个背包最后被甩给了温越，他将洞缝起来，用到至今。

从此以后，他默默地送“你”上下学，再也没有提过念书的事。

你将不愉快的一幕幕驱散，将食物放在桌上，留了张字条：“记得吃。”

也许每个夜晚，阁楼中的苍白青年都倚坐在窗前，沐在清辉下，连呼吸都刻意保持清浅，尽量不发出声音。

——彼时只有月亮陪伴他，多年以后，他给自己起代号叫“月”。

每个人都有不可说的秘密，就像接下来的黑夜，它会是你狩猎的舞台。

根据记忆里的资料照片，那位虎人狂化者是个肥头大耳的中年男性，被击杀时衣服上还残留着酒气与女人的唇印。

按照推断，狂化发生的地点应该是……

A. 地下酒吧
跳转19
210页

B. 商业区
跳转17
205页

15

趁温越不注意，你一掌削晕他，火速去往医院。

温越得到了救治，这件事却很快被夫妻俩知道了。他们天不亮就赶到医院，把夜晚出现在酒吧的你拽回家，禁了足。

你被关在房间里足足一个星期后，得到的却是温越的死讯。被夫妻俩接回来之后，他在服药后死于急病。

怎么回事？！

无论他们如何劝你，你都不承认这个死因，执着地在这个家里翻找着蛛丝马迹。

某天，你在夫妻俩的卧室翻到了一份关于温越的死亡保险——受益人是他们。

难道……最阴暗恐怖的念头渐渐清晰起来。

但一切早已来不及了。

END

保险

**提示：隐秘行事或许更好，跳转回22（216页）重新选择。**

沉甸甸的冰水突然摔了满地。

温越不堪酷暑的灼烤，不慎将手里那箱冰水摔落在地。

“哎呀，你这……摔着哪儿没？”老板连忙跑出来，连连叹气，“小伙子，没这个力气就别赚这份钱啊。”

你跑过去：“哥！”

学生们纷纷投以惊讶的目光。

你帮他捡水瓶：“是中暑了吗？我这就扶你去树荫下……”

“不用。”温越正朝着水瓶伸手，他没有抬头看你，“在学校不用这样叫我，你继续上课吧。”

周围议论着：“这是她哥？不会吧……”

你怒从心头起。

眼前被高大的人影挡住，有个男生竟踩到了温越的手指，鞋面迟迟不抬起。

你忽地起身：“你没长眼睛？松开他。”

看见是你这么个柔弱的小姑娘，对方轻蔑地笑了声：“我看他们人类不爽，关你什么事？”

人类与半人的关系……怎么会这样恶劣？

记忆片段里，被温越打个半死的邻家男孩，当年来“你”家做客，无意间看到温越父母的相片，突然就指着它崩溃大哭，眼里闪烁着仇恨的光：“我……我爸爸就是被你们人类杀的——”

你想起他叫吴阳，是个校霸。

他爸爸出差穿过外城区，被一群出猎的南区纨绔子弟当作发狂者，开枪误杀。

杀戮——脑海中突然闪现出一段破碎且真实的记忆。

“你知道我在想什么吗？”

在一个气派的府邸里，你漫不经心地靠在沙发上，用自己从未听过的语调说话。

“当社会里有百分之十的坏人，那么丑恶的是人性；当社会有百分之五十都是坏人，那么丑恶的就是这个时代。”你的嗓音清冷，带着猜不透的笑意与从容，“时代就像吞噬人性的怪物，每个人都有可能在某个瞬间被同化。很短暂，就在信仰崩塌的一刹那。”

客厅里飘着淡淡的玫瑰香水味，男人坐在你对面静静听着，西服领口别着一朵显眼的红玫瑰。他终于慢慢开口，缱绻而低柔：“以战止战，行你所愿，亲爱的，我会用生命帮你追求理想。”

你从片刻失神中抽离。

身下却传来惊恐的声音，你发现自己正将吴阳按在地上，手中高举一支笔，要朝着他刺下。

怎么回事？

有另一个意识突然觉醒，远比你本身的想法更加决绝冷静……杀伐无情。

一只骨节分明的手伸过来，握住你高举钢笔的手，掌心的淡淡余温传到你心里。

“不要做傻事。”

你抬起头，在刺眼的阳光下看清温越那一袭衬衫的白色，好似洁白的海鸥，将你从惊涛骇浪中拽起，回归平静的蓝天。

“你——”吴阳心有不甘，要偷袭你算账，手伸一半，被温越牢牢抓住，他缓缓抬眼，与吴阳对视："要做傻事也是我来做。"

很难形容温越现在的目光，依然沉郁，但最深处有一簇坚定的微光被点亮，像极了你平时的模样。

人生来便注定互相守护。

拖到放学，你远远看见温越站在校门口。

他逆着人群站在夕阳里，你连忙跑过去，他却先发现了你："书包给我。"

你乖乖把沉甸甸的书包给他拎，你们并肩走过商业街，各自沉默不语。

可能因为那句冲动出口的话，导致他情绪恢复时有些尴尬。

你决定主动出击："那个，你……"

温越步伐微微一僵，拎着你的书包走快了些，语气平静:"别问。"

你："……"

只是想问他饿不饿。

"饿吗？"你指着路过的比萨店，"我请你吃？"

片刻沉默，温越点头。

选了靠窗的位置坐下，你要付钱，听温越平静地开口:"我也有钱，平摊吧。"

温越漫不经心似的望向窗外，耳根却隐约泛红。

——这可不是和表妹吃饭的反应。

"我叫……"你想了想，大大方方说出自己的名字，"从打败混混那天起，你就知道我不是你妹妹？"

温越回过头。

“你所有的举动都不是她能做出来的。”他注视着你，“你是谁？”

“你会做傻事，我来阻止你。”你认真和他对视，“你愿意相信我吗？如果你想脱离那个家，我一定全力帮忙。”

你将自己解铃人的身份说清楚，温越眼里划过惊讶与质疑，但没有打断你。

等你说完，热腾腾的比萨也终于端上桌。

温越沉默着出神。

胃里咕噜抗议，但你还是故作从容地微笑望向他。

片刻之后，他平静出声：“我相信你。”

真的这么容易?

压在你心底许久的疑惑终脱口而出：“为什么？”

肚子又不合时宜地抗议了一声，十分响亮，你脸上发热。

温越将比萨盒子往你面前推了推：“你走过夜路吗？”

夜路?

“独自走了太久夜路的人，他不会再期待生命中有光，但如果真的有一盏灯是为了他点起，哪怕很微弱……”他轻声开口，“我觉得，试着靠近也没什么关系。”

某个人对他好，他也反过来对那个人好，只有少年才会这样莽撞。

但你的心也好似被一点点地融化：“为什么？”

“你留在阁楼的那张字条，我看到了。你替我撑过伞，打过架，今天还差点为我做傻事……”他顿了顿，几乎一字一顿，“那时候，你让我……想起爸妈。”

你看过当年的报道，一对夫妻将年幼的儿子推开，迎上了歹徒的刀锋。

温越垂了垂眼，低声添了句：“我其实很容易去相信一个人，请你不要骗我。”

他说过很多句冷漠的话语，无论是威胁还是被威胁，都保持着一种近乎孤勇的高傲。

请你不要骗我。

你知道，这句话花光了他全部的勇气，这不是一句平静的叙述，而是请求。

你望着他，认真回答：“我不会骗你，那现在你可以为我做一件事吗？”

A. 未搜集
线索1.1
跳转25
220页

B. 已搜集
线索1.1
跳转23
217页

17

你来到商业区，耐心守着来往的人群，直到凌晨也没能等来目标狂化者。

直到手环亮起实时转播，无人机航拍到酒吧那条街冲出狂化者，你才意识到自己判断失误，郁闷和失落笼罩了你。走过无人的街道，利刃划破空气的清鸣突然从身后响起，长刀刺穿了你的心脏。

“您好。”冰冷的电流音响起，“我是解铃计划的监督者 12 号，负责解决失败的解铃人。”

怎么回事……上面为什么会因为这种理由除掉你？

高挑而笔直的银发男人，他的双眼被眼罩覆起。

“抱歉。”

END

**判断失误**

提示：试试去酒吧看看。返回14（198页）

18

凌晨4:35

你朝温越做了个“嘘”的手势，将他安置在浴室。

鲜血染红了温越的衣服，他坐在地上紧咬牙关，费力地拔出腰部的玻璃。

“帮个忙。”他垂着眼，低声请求。

你咬了咬牙，蹲在他身后，捏住最深的那片：“你做好准备啊——”

一片，两片。

染血的玻璃碎片接连落地，血在脚下顺着瓷隙蔓延，温越一声不吭。

你没话找话，分散他的注意力：“你为什么要救我这个妹妹？”

温越沉默不语，你只当他在剧痛中意识不清，小心问：“全都拔出来了，那我开始冲掉这些血了？”

你一颗一颗地解开他的衬衫纽扣，拧开喷头，小心调好水温。

水声淅淅沥沥，温越嘴唇翕动：“我没有救她，我救的是你。”

你心中一震。

浴室外突然响起女人的声音：“大早晨的谁在里面？我进来了啊！”

你吓了一跳，把沐浴喷头拧到最大，朝着外面嚷：“妈，我洗澡呢，你别进来！”

女人没走：“你哥呢？他今天吃药了没？”

浴室拉门是磨砂玻璃，凑近能看清人影轮廓，你一把将温越抵到白瓷墙边，捂住他的嘴。

“没看见。”你朝外答，“还在楼上睡觉吧？”

凝神听着女人走远的声音，你松了口气，再回头看温越。

你一只手捂着他的嘴，一只手不留意间压在他的胸口，整个人朝他倾斜。

大半血迹已被冲掉，温越苍白的脸庞难得一见地泛起红晕，早已挪开视线不再看你。

你大脑突然一片空白，触电般松开他，脸上热得发烫。

你脱口而出："我……我不是故意碰你的。"

温越脸上的红晕泛到耳根，闷闷应了声："嗯。"

趁家人不注意，温越溜出浴室回阁楼上药，而你洗过澡，慢悠悠地和他们吃早饭。

温越默默坐在饭桌前，耳根不易察觉地泛红，但还是没逃过女人的眼睛："怎么了？"

温越持筷的手微顿。

"他感冒了！"你连忙出声，"发烧……这几天不用送我上学了。"

"外面那么危险，那可不行。"女人狐疑地望过来，"你怎么知道你哥感冒？"

你一时语塞。

话题被男人不耐烦地结束："这两天先别送了，也出不了什么事。小子，你吃饭也跟我们分开点儿，别传染给我们。"

温越又低了低头，一言不发地吃饭。

你想不通，温越在那一刻为何要舍身救你。

其实你心里还有很多疑惑没有问出口，但既然他沉得住气，你也难以找到机会。

起码温越看起来并没有犯案的念头，或许，眼下更需要在意的是那场恐怖袭击案。至于迟迟没有完成的狩猎，地下网的买主居然不急不躁，始终也没来找你。

天气热了起来。

夫妻俩喜气洋洋领了补贴金决定去旅游，因为你要准备年底的军官考核，他们没打算带你。

“小越啊。”饭桌上，女人和颜悦色道，“你身体得养着，这两天在家照顾妹妹吧。”

温越安静夹菜，习以为常，听说他们要“离家两天”，温越低头夹菜，眼神不易察觉地放松了些。

夫妻俩离家的第二天大早，你背着书包往外走，被温越叫住。

“最近不安全，我送你上学。”

“好啊。”想到关系无形又拉进一步，你不禁心情大好，“这两天你有什么打算？”

“打工攒钱，”温越倒也没有什么隐瞒，“你学校附近有很多临时工可以做。”

是想赚钱逃离这个家吗？

你严肃叮嘱：“晚上好好休息，不准翻窗去酒吧，被人占便宜怎么办。”

温越淡淡瞥了你一眼，似乎对你的叮嘱感到无语，但沉默片刻，还是平静地“嗯”了声。

校门口到了。

温越送你进去，目光越过你，静静地望向操场。

学生们胸前的校徽熠熠生辉，预兆着这个年龄的前程无限。你看过老电影，二十一世纪的时候，几乎每个少年都可以接受教育，当手握资源已经成为常态，没人会觉得上学的机会本就来之不易。

而他站在那道无形的墙外，与这一切无缘，连治病钱都被亲戚夫妇牢牢握在手里。

你有些难受，正要开口，却被温越抢了先："好好学习。"

他径自转身，背影在阳光下比白杨树还要笔直。

午休前还要上一节体能课，四圈下来双腿打战，你被同桌搀扶着坐在树下乘凉。

"你啊，看来真是考文兵的料……"她递过来一瓶冰水。

绿荫与蝉鸣笼罩了操场，操场旁许多年轻的工人正将一箱箱冰水运到小卖部。同桌坐在你身旁，突然惊呼："啊，是我男神……不不，是你哥！"

你抬头望去。

炎炎酷暑，工人们光着上身，唯独青年还穿着薄薄的白衬衫，他费力地搬起沉甸甸的冰水，侧脸显得愈发苍白了些。

女同桌对你说："我这儿还有多出来的饮料，给你哥送去？"

A. 过去
跳转16
200页

B.不过去
跳转20
213页

你翻出一件连帽衫套上，先在地下集市买了把枪。

混入酒吧，喧闹的调笑声立刻灌入耳朵。你悄悄捏紧口袋里的手枪，在散台卡座之间穿梭，果然发现了目标——肥胖的虎类半人，正和朋友喝酒。

你被妩媚的介绍声吸引了注意。

“来来来，这是最近刚来咱们这儿工作的小帅哥！”

那是一桌半人女客，打扮得珠光宝气，正挑剔地抱怨这儿没有好看的服务生。看着像是主管的女人扯过来一个默默端酒的服务生，喋喋不休地介绍着：“您别看他是人类……”

服务生穿着这里常见的侍者西服，侧影却笔挺悦目，比其他青年都要高挑一大截。暗光勾勒出他后背笔直的线条，骨节分明的手指正握着酒瓶。

这是……温越？

你不禁停了脚步，朝他望去。

他垂着眼，睫毛在苍白的鼻梁投下淡淡的阴影，薄唇微抿着。听到女主管说道“包您满意”，他终于睫毛颤了下，缓缓抬眸，漆黑的瞳孔里泛起沉郁的光。

“我不做这种事。”他丝毫没留情面地打断了女主管，“您误会了，我只负责端酒调酒。”

女主管惊讶地看着他，没料到沉默寡言的服务生说话这么直白。

“看你缺钱才留你的，要不是这张脸，你以为自己凭什么在这儿打工？”她脸上挂不住，喋喋不休，“别把自己看得太高，你连初中毕业证都没有……”

温越静静听着，眼里闪烁着晦暗不明的神采。

打工？

你看着他的方向，突然被一个醉醺醺的男人扯住胳膊，是那个即将发狂的虎人，酒气几乎喷在你脸上："小姑娘……"

你厌恶地朝他瞥了一眼，抽走胳膊，退后几步。

这里人多眼杂，何况目标还没进入狂化状态，不好下手。

对方反而愈发兴奋："别跑啊……"

看着对方逐渐兽化的瞳孔，你心中警铃大作，连忙朝后一退，你的后背撞入熟悉的怀抱，衣服沾着夜场里淡淡的酒味。

不用猜，你也知道是谁。

几个女客尖叫起来，不等你做出反应，暗红的酒瓶就"哗啦"在虎人头上炸开。夜场里霎时乱作一团，温越右手紧握着半截锋利的碎酒瓶，左手一拽，你便踉跄到他身后。

"你跟踪我？"他朝你一瞥，语气阴郁。

你咽了下唾沫："不是，我……"

"回家再跟你算账。"温越将你护在身后，右手一松，半截酒瓶在女主管惊恐的目光里落地粉碎，"我就做到今天为止，不用付工钱了。"

醉酒的虎人痛苦地捂住头，显然已失去理智。你来不及解释，喊出声："散开！他快要狂化了！"

如同一滴油洒入热锅，酒吧顿时炸开。

你和温越几乎同时朝对方命令："交给我，走！"

你们惊讶地对视一眼，眼看虎人发狂扑来，你们各自敏捷地翻滚闪避。你掏出手枪，温越则从侍者服里抽出一把匕首，朝着壮硕的虎人掠去，手中刀刃一旋，对方的颈处立刻添了道深深的血痕，却没能划穿强化过的兽皮，虎人一把抓住他的脚踝，全力将温越朝酒柜抛去！

你朝虎人开了两枪，又迅速朝着温越扑去：“小心！”

你们重重撞在一起，倒飞出去，撞得酒柜摇摇晃晃。

你眼冒金星，爬不起来，眼睁睁地看着满柜的酒瓶酒杯朝这边倒下——

A. 未搜集
线索1.3
跳转21
214页

B. 已搜集
线索1.3
跳转22
215页

20

你想了想，没有过去，而是拉着同桌回了教室。

温越大概不想在学校碰见你吧。

你就这样回归了平凡的日常生活，与温越的关系始终没有进一步发展的突破点。

究竟缺少了什么呢？

END

突破点

**提示：或许需要多点关心，跳转回18（209页）重新选择。**

21

刺骨的痛。

脖颈发凉，你后知后觉地明白……碎片划破了你的喉咙。

眼前很快被鲜血染红。

END

讨伐失败

**提示：要记得藏好“救命药”哦。返回9（190页）**

眼前光线突然暗下来，温越迅速靠近，紧紧将你揽入怀里。

碎裂声如急雨。

压在你身上的温越发出隐忍的闷哼。

腥咸味扑面而来，你睁大了眼，声线颤抖：“温越？”

虎人痛苦地喘着。

你小心翼翼地扶着温越站起，许多碎玻璃刺进了他的后背，淋漓刺目的鲜血染红了黑白侍者服。

他勉强抬了抬眼皮，低声提醒：“补一枪。”

你娴熟地将枪口对准虎人的要害：“明白。”

“砰——”

警笛声呼啸，猎人不能被发现，没时间联系买家了，你很快找到一处后门，慢慢扶着温越走出酒吧，刚要打车朝医院去，突然被低咳声阻止：“不能去医院。”

“这个时间，你爸妈还没醒……”温越虚弱出声，“我伤得没那么重，回去把血洗掉就没事了。”

这人怎么不要命？

你不理他，径自朝着马路边走，抬起手环要叫车。

“这条街全是地下场所，我们凌晨同时在这里……还受了伤，你要怎么交代？”因为虚弱，他挨着你耳边说话，轻音蹭过你的耳朵，“如果你还想维持乖乖女形象，就听话。”

“你威胁我？”

你不可置信地转过头，那双漆黑的眼睛保持着一贯的平静与低调："嗯。"

对"月"果然不能放松警惕。

A. 坚持送他去医院
跳转15
199页

B. 带他回家
跳转18
206页

“我有荣幸能加你好友吗？”

你耐心地望着他微垂的眼睛：“下次你打工要是被缠上随时叫我啊，我的年纪算你姐姐呢。”

温越抬眼，没料到你会这样说，他嘴唇动了动，几乎脱口而出“我不会去”，看清你眼里的戏谑又戛然而止，在你的注视下，温越默默从包里翻出手环，放在桌上，任由你扫码。你站起来，朝着他微微倾身。

“叮咚”，温越手环里空荡荡的联络列表里，多了你的名字。

“你只有我一个联络人？”你突然有种成就感。

“嗯。”平静的回答同时响起，“你的呢？”

你下意识就要往回藏，手腕却被他不轻不重地一把抓住。

“别闹……”你语无伦次。

果然是个问题少年！

温越不理会，认认真真地靠近看了一眼你的列表：爸妈、老师、同学，甚至还有健身推销小哥。

片刻尴尬的沉默。

你迅速抽回手，坐在原位，脸上发热：“又不是我自己添的这些，是你表……”

从未想过的问题冒了出来。

——虽然在未来，他表妹已经死了，但你占据她的身体，温越会不会感觉不妥？

复杂的心情笼罩了你。

对面再传来温越的声音：“如果我说，在发现你不是她的时候，我反而觉得松了口气。你会不会觉得我很冷血？”

你抬起头，朝他望过去。

这算是把自己阴暗的、不能被他人知晓的那一面剖开，朝你袒露吗？

“人的好坏往往并没有绝对性。就像太阳带来光，但也会夺走虚弱的生命，星星的光微乎其微，但也能点缀很多个无聊的黑夜。”你轻声回答，“谢谢你能对我说出这句话。”

你们默默对比萨下手。

店里放着腻歪的年下言情剧，男主甜腻地叫着女主姐姐。

骗人。

如果某一方突然说起煽情话，气氛明明会尴尬沉默。

你幽幽想着，温越的视线已经盯了电视剧半天，又悄然挪到你身上。

“姐……”熟悉的嗓音响起，第一声显得犹豫，第二声尽量保持平静。

“姐姐。”

你睁大了眼，转头望去。

温越居然躲了躲你的目光，像孤僻少年闷闷的威胁：“把我设置成特别关注吧，以后方便联络。”

**得到线索 1.2请多指教，唯一的联系人**

**跳转28（228页）**

联系不到温越。

时间一分一秒地过去，你听到温越回来的声音。

夫妻俩本想装作若无其事，哄骗他喝下放了药的水，却立刻被温越发现异样，冷冷地逼问他们你去了哪里。

“浑小子，敢对你爸动手——”

“十年，整整十年……你们从我身上吸了十年的血，还不够？”温越的语气阴戾而沙哑，“现在你们连她也想夺走吗？”

“那是你妹妹！”

“我从没在乎过‘那个’妹妹。”

温越冲上楼来，你挣扎着顺着门锁往外看，温越手里拿着一把匕首，匆匆路过储藏室，要劈开你房间的门锁。

你虚弱地拍门，声音淹没在夫妻俩的脚步声里。

你看见男人双眼血红，举起花盆朝温越冲过去。

A. 拍门
跳转27
224页

B.继续喊
跳转26
221页

原来信任也是有代价的。

他的眼神里划过不易被察觉的低落。

“这件事就是……”你戴起塑料手套，拿起一块热腾腾的比萨，凑到他嘴边，“吃块比萨。”

温越愣了下。

见你一副不喂他比萨誓不罢休的执着样子，温越犹豫了下，俯身凑近些，张嘴从你手里咬下一小口比萨尖：“谢谢。”

“这就不吃了？”你忽然起了坏心，慢悠悠地开口，“剩下的是留给我的？”

温越终于意识到你在逗他，沉默地看了你一眼，又无可奈何地咬了第二口、第三口……那块比萨终于被他面红耳赤地吃完。

看着温越如释重负，你不禁笑出声，又拿起一块。

温越：“……”

比萨尖碰到他的嘴唇，却不料这次温越立刻咬了一小口，然后没了动作。

“剩下的都给你。”他的声音平静地响起。

你一怔，看着比萨上的牙印突然脸上发热，连忙把它放下。

“不不不。”你语气慌乱，“我不闹了，你吃吧。”

再看温越，他分明忍着笑。

跳转28（228页）

“温越！”你声音沙哑地喊出声，“后面！”

温越身子一震，翻身躲开。

你心头一松，药效涌来，眼前一黑便失去了知觉。

再次醒来时，你躺在温越的怀中，四周是小木屋的陈设。

温越望着你宛如身处噩梦的少年。

你意识到了什么，紧紧抱住他，轻轻呼唤着他的名字：“温越，温越没事了。

他被你抱着，眼睫颤了颤，悲伤的水光泛起。

“对不起，对不起……我回来没见到你，就……”温越突然紧紧抱住你，声线颤抖，“最后还是做了这样的事……如果你的任务因为我失败，那就杀了我吧，我不会反抗。”

他全身微微发抖，如同恐惧无助的孩子。

你轻轻地拍着他的后背。

或许，在看着他们举起花盆的那一刻，你心中的信仰也开始剥离崩塌。

“咱们是同党，我陪你继续走下去。”你缓缓安慰道，“请让我参与你的未来。”

对方身子微震，温越与你紧拥，将脸埋进你的肩膀。

世上再没有叫温越的少年，而他也没有表妹和养父母。

那些真相，那些秘密，永远都只有你们两个人知道。

你知道，你并不是一个合格的解铃人，你的目标温越最终还是化身为赏金猎人“月”。

但你已经不在乎了，在这个混乱的世界，在这个人心比钢铁更冰冷的时代，什么是恶，什么是善？怎么样才算坚守正义？

你早已分不清。

解铃计划的高层派出一个编号 12 的战斗机器人，穿梭时空来除掉叛徒。

漆黑的小巷里，追杀者的长刀在月色下朝你旋来。你手持枪火，敏捷地退后闪身，你的枪口冷冷对准敌人时后背撞上一个熟悉的胸膛。

穿漆黑夜行服的赏金猎人“月”，他和你同时抬起枪口。

“砰——”

“跟着我每天被人追杀……”身后响起“月”低低的声音，“你后悔吗？”

“我天生喜欢一切危险刺激、充满硝烟味的场合。”你一旋枪托，收起手枪朝后瞥去，顺手挑起他的下巴，“你说呢？还有，这个问题和昨天那句‘你今天还爱我吗’一样幼稚。”

从你们出逃那一天起，他问过许许多多幼稚的问题。

——谁能想到首席赏金猎人会是个纯情的问题少年呢？

你不禁嘴角上扬，故意逗他：“你今天还爱我吗？”

霓虹灯照亮“月”的侧影，他在你的力道下微扬起脸，看似面无表情，苍白的脸侧却泛起熟悉的红晕。

他在月光中慢慢闭上黑眸，你疑惑地眨眨眼。

下一刻，温越有意压低的嗓音，忍着笑，声音贴着你的耳畔慢慢响起。

“我已经闭上眼了……你还在等什么呢？”

END

生于黑夜

你绝望拍门，无济于事。

咚、咚、咚……

花盆朝着温越的头砸去，男人面目扭曲，双眼血红。

温越冷冷地回过头，匕首在手中握紧，却并没有刺入男人的心脏。

为什么？

和你所知的未来……不一样。

你眼睁睁地看着温越倒下。

你的脑中“嗡”的一声响，随后一片空白，只记得自己用尽全力撞开了储藏室的门，然后踉踉跄跄地跪坐在温越身旁。女人在尖叫、男人在惊恐退后……你的眼中全是倒在血泊中的温越。

你一遍遍呼唤着他的名字，终于换来他勉强撑开眼皮。

“不要哭……”

昏迷之前，他脸上浮现出悲伤的微笑：“还好……我没有做傻事，没有耽误你的任务……”

原来这才是他迟疑的理由。

为了你，他不愿重蹈覆辙。

泪水彻底模糊了视线。

你颤巍巍地扶起昏迷的温越，朝门口走去，前往医院。到了医院，护士连忙接下了满身血的你们，推着温越匆匆朝着急救室跑去。

你愣愣地看着这一切，突然有个无比清晰的念头涌现。

——这或许是你与温越的最后一面了。

你在手术室外缓缓靠墙坐下，一遍遍地祈求自己的直觉是错的，可偏偏……人对于生死的直觉无比准确。

你还记得医生沉默地走出之后，播放给你听的那段录音。

“小姑娘，患者最后要求对你说话，我们就把他说的话录下来了。”

你说我会做出无法挽回的事情，在那一瞬间，我忽然明白，大概就是这件事吧。

这十年，我每天都站在深渊旁边，或许再往前走一步就真的无法回头了，幸好我遇见了你……

从什么时候开始……你变成了独一无二的，最特殊的人？抱歉，我也记不清了。

其实我从不是容易被感化的人，我很自私，报复心也很强，但那时候我突然想……如果我真的动手了，你的任务大概也完不成了，你会不会失望？会不会怨我？

不……以你的性格，你不会怨我，但我会怨自己。

如果放下仇恨能守护你，那我愿意放下。

对不起，我好像要走了……请你不要为我哭泣。

如果有下辈子，到时候，咱们再好好地找一个真正的家吧。

你忘了自己是如何离开的，只记得一把火烧掉了这里的所有回忆。

逃亡的人在工业城只能靠黑市谋生，不知不觉间，你开始穿上黑衣，以猎杀狂化者赚钱。

隐遁于黑夜，独来独往。

曾有人问你名字，你想了想，慢慢回答：“月……你就叫我月吧。”

你将情绪封在心底，将往事丢在脑后，好似它们从未发生过。

但实际上你从未忘记那个身影——

他是黏稠的漆黑世界里的唯一亮色，是阴沟里唯一仰望星星的少年。

对于你的失常，组织最终派出了编号 12 的机器人追杀者，穿梭时空来除掉你。

对峙、开战、周旋……你将枪口对准机器人的额头。

经过漫长的沉默，机器人终于退了一步：“不计代价去换目标平安，你愿意吗？”

时空穿梭可以让你前往更遥远的年代，例如……温越九岁去游乐园的那天。但因为技术不够，你每次跨越时空都要付出代价。

你将永远消逝在时空里，不曾出生或死亡。

A. 同意
跳转 7
183页
前往十年前

B. 拒绝
请继续阅读

如果温越还在，他的愿望一定是让你活着，而不是为了他消失。

你面无表情地扣动扳机。

“砰——”

数月后。

人人皆知外城区有位神秘而强大的赏金猎人“月”，她常年漫无目的地路过各个城市的废土与繁荣。

偶尔会接下赏金高额的任务，偶尔也会出手对弱者相救。

谁也不知道，她的最终目的地是哪里。

你背着行囊，慢悠悠地走过焦黑的土地，朝着地平线走去，在那里，落日正徐徐消失。

接下来，或许你会遇到有趣的人和事，或许你将死在交火中，又或许你会漂亮地活到战争结束那天。

你吹起口哨，一路向前。

END

新月

“爸妈”不在，你们慢悠悠走到天黑才回家。

“我想告诉你一个秘密。”温越低声道。

推开家门，他从口袋里摸出小药瓶，倒出两枚药片冲下马桶。

做完这一切，温越抬眼：“你不拦着我？”

“我相信你这样做有原因。”你想了下，“秘密是关于这个药吗？”

温越缓缓点头。

“其实我对九岁之前的记忆很清晰，那是和爸妈在一起的回忆……我每分每秒都在怀念，”他垂了垂眼，“我是个很顽皮的孩子，最擅长的就是运动。”

你静静听着。

“后来经历那件事，我开始抗拒和别人接触，他们说医院开的心理药副作用太大，让我的体质也变得虚弱……”他的拳头缓缓攥紧，“直到我发现一个规律，只要吃药，我就会变得虚弱，如果偷偷吐掉……流失的力气就会回来许多。”

你轻轻地握住他的手：“别怕，我处理过类似的案子，我会帮你。”

你是一位老练的探员，什么案件都经历过。

有一起极其相似的恶劣案件。

——北区有一对父母持续给领养来的健康儿子吃药，使其变得虚弱，再靠着领补贴金过日子。

孩子曾经寻求帮助，却因为北区要求“出示证明”而耽误，贫瘠的北城区缺少化验药物成分的仪器，他需要去南区花费高昂的价格才能得到化验单。

温越低声问：“最后怎么样？”

他故作平静，眼底却微微闪烁着迫切的希望。

——他直到最后也没能发声，被他父母喂食大量药物，伪造病发身亡，领了大笔保险金，最后是保险公司察觉不对劲，才被揭穿。

血与火的记忆闪现，你猝然惊醒：争执中，月发现真相却无能为力，在争执中为了活命，伤害了一家三口！

“案子破了，他好好的。”你压下内心的惊涛骇浪，“相信我。”

“我去南区打听过价格。”温越沉默了一下后道，“打工的钱远远不够。”

眼下最好的办法是交出化验单，把这对夫妻告上法庭。混乱的年代，普通人如同尘埃，只有提交有力证据，才能给予坏人重重一击。

你们需要钱。

某个 ID 浮上脑海：Mr.Jiang，那位神秘买主还颇有耐心地等着。

你下定决心：“你听过黑市地下网的赏金猎人吗？”

这一次，他身边有你的引导，想必不会再走上那条孤独又决绝的路。

后天大早，你上学要迟到了！

你俩挤在洗手间镜子前一起洗漱，突然听见门口传来停车声。

“那小子一直不待见他妹妹，也不知道有没有欺负她。”

“不会，他小时候扎他妹书包，都被我揍出阴影了……”

你和温越悚然对视一眼。

下一秒，温越被你毫不留情地踹了出去。

你洗完脸走出卫生间，看见温越帮他们拎着沉重的行李箱回屋。

“起晚了！别让他拎了！”你装作十万火急朝门外跑。

“你妹起晚了都不知道叫！”男人抢过温越手里的行李箱，怒斥一句，“去去去！”

温越沉默着点头，随后他不易察觉地松了口气，唇角上扬，朝你的方向跑来，一步踏入你所在的阳光下——

新的一天又开始了。

接下来的日子你决定：

A. 努力学习
跳转30
236页

B. 继续寻找
狩猎目标
跳转31
238页

你趴在温越背上，隔着湿衣料感受到他后背的温度，很快就彻底迷糊，睡了过去。

不知过了多久，你被轻轻放在床上。

温越离开了。

床板很硬，你蜷起身子，微微发抖。

又睡了一会儿，门被人“吱呀”轻轻推开，人影又折了回来，手里还拎着沉甸甸的袋子。

温越放轻的嗓音响起：“来，吃药。”

你被他拉起手腕，扶住后背，晕乎乎地坐了起来，接过拧开盖的水吃药。

“不能穿着湿衣服睡，换身衣服。”

你应了声，歪歪地往后一靠，正躺入温越的胸膛，他咫尺间的呼吸立刻紧张了些。

你无知无觉开始解扣子，却突然被他抓住手腕。

“不行，”温越语气无奈，“等我出去再换。”

“你不许走。”你不依，“把眼睛闭起来不就行了？”

似乎怕你发烧更严重，半晌后，他听话地闭起了眼睛：“你……快换吧。”

等你换好衣服，温越耐心地将你扶回床上：“睡吧。”

你又睡了一觉，却梦到自己变成了表妹。

少年温越冷冷朝这边瞥来：“我讨厌你。”

你猛然惊醒。

这里是……

你怔怔抬起头，发现自己正置身小木屋里，床和桌椅地毯都已经很旧了，暖融融的灯却亮着。温越坐在床边，手里还端着一碗热腾腾的牛肉粥，正耐心地将它吹凉。

他盛起一勺朝你嘴边递来："感觉怎么样？"

"好多了……"你慢慢咽下，才发现身上的衣服是全新的，甚至没拆标签。

原来他是匆匆出去买粥和衣服了。

你观察起木屋："这是哪里？"

有人早就精心地整理过，墙上还贴着泛黄的一家三口在游乐园的合影，相片里的男孩笑容灿烂。

"是我的秘密基地。"温越轻声回答，"是没人住的危房。小时候……想爸妈的时候，受委屈想哭的时候，我就会偷偷跑来这里。"

"只有你一个人在这儿吗？"你问，"有没有别人来过？"

"没有。我的心很狭隘，装不下任何人。"温越回答，"现在……只装得下你。"

粥吃完了。

刚端过粥碗的掌心发热，无法感知到你额头的温度，温越轻声吩咐："闭眼。"

你闭上眼，他慢慢俯身，用额头轻轻抵住了你的额头。

你愣了愣，偷偷睁眼，看见温越专注地闭上了双眼，感知着你的温度。这个距离，能看清他薄薄的嘴唇，看起来很柔软。

木屋外雨声滂沱，这一刻却不能掩饰"扑通"的心跳。

“还有点热。”他慢慢出声，“看你在梦里哭，怎么了？”

你支支吾吾：“梦到你凶我，你还要走……”

还没说出是“原主人的记忆”，你就听见一声轻轻的回答：“我不会离开你。”

你心跳得厉害，感觉自己好像又发高烧了，脑袋晕晕的。

“我……我梦见你真的是我哥，然后我……”你发现自己语无伦次。

两唇距离太近，仅剩毫厘。

你正说着，被温越打断：“不要叫我哥哥。”

“我……不想只当你哥哥而已。”乍听平静无澜，细听尾音其实因紧张发颤，“可以吗？”

不想仅仅停留在这一步而已。

但你知道，但凡你稍稍流露出丝毫的回绝，他就会立刻若无其事地收回这份情感。

你慢慢闭上眼，没有说话。

半晌，温越似乎先稍微退了退，有些胆怯。

于是你轻轻地笑起来，也学他压低声音：“女孩子都已经闭眼了，你还等什么呢？”

你正要偷偷睁眼，柔软的、微凉的感觉轻轻抵上了你的嘴唇，带着这个年纪特有的胆怯与青涩，像一颗被雨水打湿叶子的青梅，弥漫着甜而生涩的味道。

不知过去多久，你们再不回家，夫妻俩会起疑。

你们谁都没有先起身，并肩坐在小床上，享受着此间最后的静谧。

“回去吧？”你小声问。

“嗯，回去。”你的手被他轻轻握住，语气平静而坚定，“我一定会带你找到真正的家。”

在家里，你们保持冷淡的“兄妹关系”，偶尔擦肩而过，用眼神悄悄问候。

几天后的凌晨，趁夫妻俩还在睡觉，温越悄悄翻窗离开。

——他想带你一起偷偷离开，但被你拒绝了。

你知道，不久之后这片街区将迎来最恐怖的袭击，作为解铃人最后的任务，你要坚守在这里。

天色昏暗，温越走到街对面，回过身，仰头朝着你卧室窗台的方向，留恋了好一会儿才上车。

想象着他乘车一路前往繁华的南区，你望向天边，晨曦的光正徐徐升起。

当天，夫妻俩发现温越不见了。

第二天，第三天……温越没有回来，夫妻俩大发雷霆，怀疑到你身上。

任他们如何威逼利诱，你都摇头不语。

第四天来了两个穿制服的执行官。那黄毛居然是假装昏迷，其实将你和温越击杀狼人的场景看得一清二楚。

——那天的狼人居然是吴阳。

你被两个执行官盘问了一小时，看着夫妻俩渐渐阴沉的表情，如坠冰窟。

全都暴露了。

执行官刚走，迎接你的是女人重重的巴掌：“你哥要是跑了，咱家全得遭殃！”

男人闷闷抽烟：“人哪去了？”

你倔强地不开口，拔腿想往门外跑，被男人拽了回去，正想反击，却被强行塞了几片药。

“胳膊肘往外拐！不说是吧？不说就别想吃饭！咱家要死一起死！”

你被他丢在储物间，“咣当”一声锁了门。

“留是不能留了，”男人杀机毕露，“等他回来，直接把药全让他吃下去……走！出去找！”

你重重踹了几下门锁，又用尽全力朝紧锁的门撞去。

咣当！咣当！

愤怒与失控笼罩了你，不知撞了多少下，你终于全身发疼，踉跄地坐在地板上。

药效开始发挥作用。

力气一分分被抽走的感觉令你战栗，仿佛即将在深不见底的海水里溺亡。

温越吃了十年的药片居然是这样令人绝望的效果。

千万不能让温越回来。

A. 已搜集
线索1.2
跳转32
244页

B. 未搜集
线索1.2
跳转24
219页

测验成绩下来了，很不理想。

你把成绩告诉了“爸妈”，夫妻俩立马拉下脸来，男人更是恨铁不成钢，朝你举拳，你转身就朝楼上狂奔，鼻尖直直撞上了温越的胸膛，他立刻将你拽上二楼拐角，藏身在阴影处。

“回屋去。”他压低声音命令，“他要是追过来揍你，我替你挡。”

你焦急道：“不行，你的身体情况不能暴露……”

“不会。”阴影里，温越露出一个没多少笑意的宽慰弧度，语气习以为常，“他半路遇见我，就会拿我出气。”

你不可置信地看着他。

好在男人没有追上来。

你松了口气，却又被温越一把拽进阁楼，稀里糊涂地按坐在桌旁。

他摊开教科书，平静道：“错题改一下，不会我教你，下次别给他机会朝你动手。”

你幽幽拿起笔，伏案做题，想着解铃人为什么要受这种苦。

一道题、两道题……卡住了。

你抬头唤他：“这些你全都自学过了？”

“嗯。”

温越应了声，俯身过来，很快就写出了步骤。这个距离，他的气息轻轻地呼到你的耳朵上，你有些心乱。

偷偷朝他一瞥，对方的侧脸在台灯的光影里显得苍白，他的眼神漆黑而深邃，讲题时闪烁起神采，连他自己都未留意。

他正讲到一首古诗。

“人生不相见，动如参与商。今夕复何夕，共此灯烛光。”温越耐心解释，“参与商就是猎户座和天蝎座，它们各居东西，参升商落，起落交错，永不相见。”

你眨眨眼：“你怎么知道？”

“小时候我妈妈告诉我的。”他轻声回答。

你不自觉地停笔，抬头望向窗外。

“今夜没有星星。”温越的声音在身边响起，纵然放轻嗓音，也能听出掩饰过的悲伤，“没有抬头的必要。”

你微微动容。

“我们都生活在阴沟里，可仍有人仰望星空。”你很快拿笔在手心上画了几下，“为什么说今夜没有星星？”

你顺势牵起他的手。

“你看，”你微笑着抬起手，“今夜所有的星星都落在你手上。”

在看清你掌心的那一瞬，温越眼睫颤了颤，半晌也说不出一句话。

温越倾身过来，你的掌心再次被他覆住，这次他与你十指相握，久久不曾放开。

“嗯，都在我手上。”

——你的掌心歪歪扭扭地画着一颗星星。

跳转31（238页）

31

日子一天天过去，天气渐渐转凉，快要放秋假了。

“现在请同学们去大礼堂集合参加南区名流的演讲，散场后离校……”

你跟朋友走过小道，听她叽叽喳喳：“听说有一位既是慈善家又是画家，有钱还帅……”

额头发涨。

连续几天的阴雨，让人心情郁闷，更不巧的是你还感冒了，今早出门忘了吃药。

眼下已是八月初，手头还有很多事没有头绪。

不久后就是那场恐怖袭击了，到时满街都会陷入混乱，巡逻无人机拍下的惨烈画面将成为工业城的噩梦。

与神秘买主的交易也耽搁着，你每天都提心吊胆怕他撤单。

“下雨了！”朋友惊呼。

淅淅沥沥的雨落下，你拉着她往大礼堂跑，突然被飞来的篮球砸了头，力道挺重。你本就发烧，有些眩晕。

吴阳得意扬扬地对你道：“对不起啊，扔偏了。”

你冷冷地瞥了他一眼：“雨天打球，真有雅兴。”

吴阳麻利地捡起篮球：“看到我就脸红？”

你额头发热，懒得纠缠，不料好朋友脚下打滑，拽着你往前栽倒。

视线里多了一双考究的黑皮鞋。

你晕乎乎地与皮鞋主人来了个亲密接触，耳畔传来一声轻笑，男人轻松地扶稳你。

“亲爱的……”他不易察觉地顿了下，“小姐，你可真主动。”

玫瑰香水味从他的西服上传来，你猛地抬头，看清江沉闻微笑的面容。他没撑伞，出众的容貌被浇得愈发清晰。

你朋友摔在一旁。

“抱歉，小姑娘。”他从容地微笑着，愧疚似的朝你朋友扫了一眼，同情却不达眼底，“事出紧急，我只能救一个。”

小姑娘心思天真，连连摆手说没事。

你惊讶到无以复加，发热的脑袋里嗡嗡作响，死死地盯着江沉闻，说不出话。

今天来学校演讲的名流是他！

江沉闻的容貌没有太多变化，你的脑海里全都是他微笑朝你拔枪的那一瞬。

从眼神到微笑，如同此时此刻一样，从容得滴水不漏。

刚才脱口而出“亲爱的”，是他唤别人的习惯，还是……他知道你是解铃人？

不可能，这可是四年前的江沉闻。

你迅速冷静下来，连连道谢，拉着朋友与江沉闻擦肩而过时，被他从容叫住。

“你好像发烧了。”

你愣了下：“你怎么知道？”

江沉闻快走几步回自己的轿车，再回来时手里多了一盒感冒药，微笑着递来：“送你。”

你硬着头皮收下，说了声谢谢，很快离开。

雨渐渐下大了。

她果然忘了，只要她在的场合，他的车上总会备着各种各样的药片。

无论她变成什么样子，他总是能一眼认出来。

江沉闻倚在自己的轿车前，似有所思。

来往的学生们很少看见这么光鲜出众的人物，纷纷偷瞧着。江沉闻眼神温柔，朝着学生们微笑，眼神却并不专注停留于某个人。

他谁也没有看。

除了她以外，这里并没有值得他多看一眼的人，这次走形式的演讲也不值得他费心。

突然，刚才那个恶意扔篮球的男生闯入了江沉闻的视线。

连人带球，立刻吸引了他的目光。

“同学，你来车里一下。”江沉闻朝着男生微微一笑，拉开车门，“球不用扔，地上脏，拿着进来就好了。”

来自南区的大人物邀请自己。

在同学艳羡的目光里，吴阳呆呆地抱着篮球站在原地，又指了指自己，过了好一会儿才三两步跑进车里，不敢相信：“您……您找我有什么事？我篮球打得很好的……”

砰，车门被轻轻关好。

吴阳看见那个西装革履的大人物坐在驾驶位，从容地拿出防毒面具遮住自己的半张脸，又拿起一瓶小小的喷雾，朝着他的口鼻，喷了一下。

吴阳瞳孔骤缩，头一歪，昏了过去。

小小的威胁解决了，江沉闻开窗通风。

他摘下面具时，不经意间看到了那个篮球——刚才重重砸在她脑袋上的篮球。

江沉闻端详着脏兮兮的篮球，不一会儿，他拿出一把消音小手枪，对准了它。

“砰——”

谨慎起见，你借口腹痛没有去听演讲，而是坐在空教室等放学。大礼堂飘来演讲者们的话语声，其中江沉闻的声线矜贵而低柔，十分有辨识度。

你拆开药盒，一张字条掉出来，你疑惑地拾起，发现他居然写了自己的联系方式。

我预感到不久后会发生危险，所以来提前通知你，亲爱的，这是我的联系方式，遇到危险随时找我。

我永远是你忠诚的友军。

——江沉闻

无论是穿越前那一句柔情的呼唤，或是现在没头没尾的帮忙，你发现自己始终猜不透他的行动目的。

你没有吃他给的药，而是去了趟医务室。

直到散场，你依然没有退烧。

此时大雨倾盆，由于放学时间不固定，你特意叮嘱过温越不用来接，你狼狈地举着书包往外狂奔，从烂尾楼抄近路。深一脚浅一脚地往前跑，你很快就成了彻彻底底的落汤鸡，大雨几乎模糊你的视线，烂尾楼附近却传来惊恐的呼声：“有……有人狂化了——”

黄毛被一个壮硕的人影甩飞，摔得满身泥泞，满脸是血，看见你，他立刻见了救星般扑来，你吃了一惊，动作快于迷糊的大脑，将黄毛重重踹飞半米远，黄毛头一歪，晕了。

你这才惊醒，这里有狂化者！

后方传来恐怖的兽吼，隔着盛大的雨幕，幽绿的狼眼紧紧地锁定了这边。在瞬间，高大的狼型狂化者四肢着地冲了过来！

你迅速拔枪扣动扳机。

“砰——”

子弹落空，你敏捷地在泥水里一滚，躲过狂化者迅猛的袭击，却因发烧无力不慎将枪脱手。

糟了！

你爬起来去捡手枪，狼人同时扑来，满口尖牙森森可见。脚步声由远及近，那人踩着满地泥水迅速跑来，嗓音急促：“小心！”

你的后背撞到了一个熟悉的胸膛，随后被他紧紧揽住腰身，护在怀中。狼人随之追来，那人不知何时顺手拾起了落地的手枪对准了狼人。在枪声中，狼人倒地。

你愣了下，随后狂喜：“温越，咱们有钱了！”

你举起手环拍照，联络买家：狩猎成功，你要哪部分？

Mr.Jiang：有击杀的照片就足够了，交易愉快。

你：交易愉快。

你朝着温越转过头："咱们有钱化验了……"

微凉的掌心突然伸过来，在你的额头停留片刻，同时在你们头上撑起一把伞。

"发烧了。"温越皱眉望着你，"怎么不等雨停再出来？明知这里危险还抄小道。到家尽快换衣服……"

好唠叨。

你忍俊不禁，故意问："我都让你别接我了，怎么还是来了？而且你也抄了小道来学校。"

温越没料到你会反将一军，愣了下。

"你这么关心我啊？"你乘胜追击。

温越噎了下，两秒之后，他闷闷"嗯"了声，耳根泛起一丝丝可疑的红晕："我背你走，你好好撑着伞。"

身子一轻，你被温越背起来，认认真真地举着伞对他说话："那不是我家，我不想回，你呢？"

片刻沉默后，他开口："我带你去另一个家，我自己找到的……从来没和任何人分享过的地方。"

跳转29（231页）

32

你强撑着用手环给温越发了消息。

“不要回来，秘密暴露了，直接带着证据去告他们，也不要在后天半夜回街区，会有暴徒进行大型恐怖袭击！”

要摆脱药效，然后从这里逃出去才行。你撑起昏昏沉沉的身体，疯狂在储物间里翻找着，一瓶水、一袋面包、一根撬棍……都能被用来当作逃生的希望！要从这里出去，减少袭击案的伤亡……

最后却只翻出几瓶水。你只好不断地喝水，任由时间在黑暗里一分一秒地流淌，眼看就要逼近凌晨时分，夫妻俩还没有回家。

你努力驱散心中的压抑，缓缓拿起手环……

A. 联络江沉闻 跳转33 245页

B. 查看温越的回信 跳转34 247页

想逃出去的话，眼下没有其他办法了。

对方的嗓音依然从容："你好？"

"我需要你帮忙……"你慢慢将原委说清，"帮我解决这场暴动，什么代价都可以。"

对方似乎正悠然穿过炮火连天，周围轰隆隆作响，他的声音却依然蛊惑般吸引人。

"抛下一切跟我走，亲爱的，我会带你回家。"

三秒钟的沉默后，你低低"嗯"了声。

跟他去哪里？他为什么执着于你？回哪个家？有太多疑惑，但眼下不是慢慢问的时候。

外面的炮火渐渐临近。没多久，轰隆隆的炮火震耳欲聋，地面不住晃动，你深深感受到自己的无能为力。

手环里很快传来实时转播，另一股神秘势力冲入现场，以迅雷之势镇压了武装暴徒。

门锁被人缓缓转动，熊熊烈焰驱散黑暗，长发男人拎着枪，逆着盛大的火光走进储藏室，他款款朝你伸手，说着让人听不懂的话：

"这只是一场……名为遗忘的噩梦。"

走出房屋，你看见满目火焰、鲜血……还有那对夫妻，他们被江沉闻的手下拎了过来，女人发出濒死的痛苦呻吟，江沉闻扫了她一眼，漫不经心地朝她抬起枪口。

"算了，住手。"你疲惫地吩咐。

江沉闻动作自然地垂下了枪，朝你微笑："明白。"

你也不知道，自己吩咐他时为何如此娴熟，好像你和江沉闻的关系本该如此一样。

他为你拉开车门，你上了车，嗅着男人身上淡淡的玫瑰香水味，感觉有什么东西正慢慢被遗忘，有什么东西正慢慢被想起。

另一个你正慢慢苏醒。

“交给我吧……抛下没用的感情，是该我们翻盘的时候了，对吗？”

你累了。于是你慢慢闭上眼——

END

**苏醒的真相**

34

温越发来消息：我不会离开你。

轰隆——

地面突然震动起来，爆破声由远及近，夹杂着外面惊慌失措的呐喊。你想强撑着慢慢站起，却发现无能为力，只能被隔在这扇门后，在黑暗中任由悲剧发生。

焦土、废墟、鲜血……往日一幕幕交错浮上脑海，你恐惧战争，可为了停止战争，又不得不化身为战争的一部分。

你慢慢地捂住头，靠在门后。不知过了多久，你被新闻推送吸引了注意，巡逻的无人机航拍到的街区已是火海蔓延，人群疯狂流窜，被恐怖分子追杀袭击。

机械女声反复播报着警告，猩红的光交替闪烁："请公民紧急撤离住宅——"

那些无人机的警告声也在你上空响彻。

"撤离住宅——"

他们逼近了。

储藏室里一片黑暗，近处传来坍塌爆炸的巨响。

屏幕里气浪正卷着火海吞噬房屋，人们被碎石与子弹击中，乱作一团。唯独有一道人影坚定而敏捷地向前，再向前。火光勾勒出他瘦削的身影，他脚下碾过满地烟尘与鲜血，抬起微微闪烁蓝光的手环，正对什么人开口说话。

你的手环同时响起通信，温越的声音冷静而坚决："别怕，我来了。"

泪水渐渐模糊了你的视线。

那一夜，全城都屏息注视着屏幕里混乱惊心的光景，也看见那个在火光里逆行的青年。

从南到北，从公民到军官，无论是从未听过温越名字的，还是曾肆无忌惮将他踩在脚下的，每一个人都真真切切看到，他穿越战场与废墟，走过漫漫黑夜，坚定地朝着自己的恋人跋涉。

纵然在这样混乱的年代，也总有人穿越枪声与炮火，朝着希望前进。

总有人相识相爱，总有人一腔孤勇。

不知过去多久，紧闭的门缓缓敞开，那一道清瘦而笔直的人影朝你伸出手。

你慢慢抬起手，与他十指相扣，在下一刻被他紧紧拥入怀中。

"还好。"他轻轻开口，"我找到你了。"

今夜，有月光降临到你眼前。

八月的恐怖袭击，伤亡人数比预计中还要少很多。

据说是因为那个神秘青年逆行的举动，无数人受到了鼓舞，开始愤然举枪反抗。

一转眼，这已经是去年的事情了。

如今的温越已是执行官队伍的一员，而你也在去年末通过了军官考试。

恐怖袭击过去之后，温越告发了养父母的恶劣行径，因为他当时一战成名，身份耀眼，这段晦暗的经历立刻震惊了半个工业城。

在今年，那对夫妻终于在民愤下得到了制裁，而你和温越将那栋别墅彻底翻新，改成了属于你们的家。

入伍不久后，因为出色的表现，温越作为杰出贡献者上台领勋章。你在台下热泪盈眶，看他穿着那一身笔挺的绿色制服，朝你走来——

他的目光温柔而专注，取下勋章，轻轻为你别在胸前。

“没有你，也不存在今天的我。”一字一句，如同宣誓，“你是我活着的信仰，我战斗的荣光。”

你轻轻地笑，想起某天看完老电影，男女主角亲吻相拥，荧幕缓缓转入黑暗，温越忽然转过头，告白来得猝不及防：“我爱你。”

当时你是如何回答的？

哦，想起来了。

你捂住胸前的勋章，也捂住怦怦跳动的心脏，然后朝他微笑着抬起头，在所有人的注视下，将那句回答轻轻重复：“我也爱你。”

END

爱

我爱你，
不光因为你的样子，
还因为，
和你在一起时，我的样子。
我爱你，
不光因为你为我而做的事，
还因为，
为了你，我能做成的事。
我爱你，
因为你能唤出，
我最真的那部分。

——《爱》罗伊·克里夫特

SHOU LIE
LIAN REN
狩猎恋人 · 沈妄许
沈妄许
SHEN
WANG XU
性格：偏执奶狗
攻略难度：★★★
姐姐，别离开我。
点击进入

## 查看沈妄许身份资料

培育仓的玻璃碎裂，淡蓝色的培养液倾洒满地，你身子一软，眼睁睁地看着自己朝满地碎玻璃摔去——

无暇顾及其他，你的意识在电光石火间与系统交锋。

你：我是否可以先穿越到目标七岁那年?

系统：当前科技水平不支持，穿越失败率为 80%。

你：两成的胜算，足够了。

系统：您可以在 2289 年停留七天，届时系统将自动转移您前往任务的坐标年代。

系统：正在调试中——

看到资料的一瞬间，你回忆起四年前，在海上研究所和沈妄许的相遇。

在研究所做卧底时，你不得已做了许多残忍的实验，他，代号“Medusa”，是研究所里最危险的试验品。

第一次接手他的项目，你在手术台旁给他抽血，不料剧痛使他剧烈挣扎起来，疯狂地挣脱束缚，差点咬断你的喉咙。

他被电晕拖走后，你在床上休养了好多天才回到工作岗位。

为了获取更多研究情报，你旁观了许多残忍的事。你看着他们将他束缚在手术台上，然后进行抽血等一系列不人道的实验；你眼睁睁旁观他被无数次电击至昏迷；你的助手拿起水管在他身上浇水，为他冲洗满身的血，冻得他在角落蜷成一团……

这让你的心情愈发低沉。你偷偷让人给他送些吃的和喝的。少年并不领情，宁愿等食物馊掉也不吃一口，他懒散地坐在收容室，隔着玻璃，偶尔抬眼，对你报以充满恶意的笑。

你毫不怀疑，少了那道玻璃墙，他会把你生吞活剥。

本以为他只是个被抓来的、危险的、性格古怪的毒蛇少年。在研究所毁于爆炸那夜，你本要乘坐组织派来的船离开，可愧疚涌上来，让你做了个鲁莽的决定：救出你的试验品少年，带他一起离开。

直到真正与少年狭路相逢，你才发现，原来你们都是卧底。

你们在黑夜对峙，因电光石火间的迟疑，银发少年的唇边扬起报复的快意，朝你开了枪。

这一次，你要重新和沈妄许好好相处，才能躲过他复仇的枪击，顺利完成任务退休。少年的性格偏执且狠戾，所以你的计划是先穿越回他最落魄无助的小时候，从源头进行感化。

虽然这样做有些狡猾，但你别无他法。

如果直接穿越回四年前，你的翻盘率几乎为零。

**系统：调试成功，开始穿越——**

系统：跳跃成功，倒计时七天，系统已在您的手环里存储了行动基金。

2289年2月12日　201工业城　南城区　23:02

积雪在道路上融化，交织出屏幕投影的春节红光。你将新买的手枪小心地揣在外套里，朝着最乱的街区走去。

南区明面有多繁华，它的暗面就有多黑暗。在这里，来自世界各地的半人小孩被贩卖。有的被有钱人当作宠物，有的被改造成战斗型机器人，还有一些被送到研究所。

沈妄许经历过拐卖，年幼的他很有可能辗转到了这里。

你低估了201城庞大的人口交易量，在这里要找一个特定的小孩简直是大海捞针。在各大地下场所穿梭到深夜，你的耐心终于被渐渐耗光。

十字路口，一个穿昂贵风衣的长发男人迎面走来，肩膀不小心与你撞了下。

他淡淡地留下一句“抱歉”。

“等一下。”你连忙回头，伸手碰了下他的肩膀，“请问，哪里能找到半人族小孩？”

“附近有个地下赌场。”他没有回头，语气温柔，“很多人都会把不需要的孩子当作赌注，只要胜出，他们就是你的。”

还没等你感谢，他已从容地走远了，霓虹灯影下勾勒出那人修长的背影，显得格外清冷。

这人有点熟悉。

你按照他说的地点，找到了一处地下赌场。乱哄哄的赌场里，到处充斥着人类男女的烟味、调笑声和掷骰子声。聚集的人群中时而爆发出一阵大笑，将孩子们吓得发抖。

——这些半人族小孩身材羸弱，什么基因混血都有，他们穿着破衣服，脖子上拴着项圈，等待着接下来的命运。

“赢了！”

不远处的赌桌有男人大笑，他得意扬扬地朝胜利品——半人小孩伸手，却突然发出愤怒的叫喊。

原来那孩子虽然瘦弱，动作却敏捷得很，差点一口咬中男人的手指。男人一巴掌将小孩掀翻在地，朝着赌友怒喝：“你拿毒蛇来跟我换？！”

你的视线里冷不防撞入一抹漂亮的银白发色。

那孩子被扇得向后摔，重重撞翻了你眼前的椅子，猩红的血顺着他的脸肆意流淌，如同皑皑白雪中盛开的红玫瑰，形成惊心的艳丽。

项圈锢住了他雪白的脖颈，皮革很快被流淌的血染红。孩子抬起碧绿的双眸，蛇瞳骤然缩细，冷冷地望向打他的大人。

沈妄许？！

没等你伸手扶他，男人向那孩子大步走过去，朝着他就是重重的一脚，语气像训斥宠物：“再瞪人试试？！”

孩子垂下眼，表情麻木，像个缺少温度的瓷娃娃。他只穿着一件破布般的长外套，衣摆勉强盖在膝盖处，两条光裸的腿遍布淤青。

——原来以后的沈妄许就是这么黑化的。

多年后那个偏执而阴险的少年，你曾经见过他袭击人的模样，最喜欢用毒牙咬人一口，然后看着那人濒死的模样大笑。

“住手！”你走过去将孩子挡在身后，语气里压着怒意，“对小孩下手，你就不怕遭报应？这孩子多少钱？我买了。”

孩子看着你，在你说出“买”的瞬间，他的眼神不易察觉地又暗了下去。

他长了一张标致的娃娃脸，与耀眼的银发极相衬，双眸暗淡的时候，像即将破碎的瓷器。

你心里咯噔一声，意识到自己刚出场就说错话了。

赌客们面面相觑，突然爆发出一阵大笑，其中一人大声说道：“小姐，你得赢下来才行，赌场不适合女人……”

不等对方把话说完，你平静地拔枪，拉动保险，“咔嚓”一声，将刚才说错话的恼怒全都转移到了对方头上：“看着我的枪口再说一遍？”

赌场鸦雀无声，人群默默地为你让开了赌桌，男人丢了面子，阴沉地退到一边，盘算着什么。你想了想，先叫了一杯热牛奶递给孩子：“对不起，刚才我说错话了，你绝不是什么商品，我是来救你出去的。你在这儿等我，好不好？”

牛奶散发出阵阵温热的醇香。

孩子的肚子咕噜噜叫起来，他犹豫了一下，双手接了过去，小口小口地喝着，不时还偷偷抬起头朝你这边看。

你很快理解了游戏规则，非常复古的一种玩法，用枪把台上所有的瓶子都击碎。

如果能六个全中，孩子就是你的，分文不收。听着四周男人们低低的笑声，你微微眯起眼，抬起枪口。

A. 一口气打碎六个
跳转12 278页

B. 先打碎前五个
跳转16 288页

2

2300年2月11日 19:32 T国海上研究所

怒浪拍打着礁石，岛屿稳固地屹立在这片凶险的海域，天色漆黑，探照灯的光缓缓挪动着，映照出岛屿上这座钢铁建筑。

在被普罗米修斯组织揭发前，这座研究所曾是所有半人的噩梦。

研究室亮起明晃晃的灯，数十名研究员在这里忙碌，围着被牢牢束缚在手术台上的少年。他们中有人在调配麻醉剂，有人忙着固定束缚带。

少年的唇角扬起得意的笑容，带着一种孩子气的得逞。有个研究员过来，强行掰开少年的嘴，将布条牢牢地勒了进去。

少年不舒服地昂了昂头，被迫张着嘴，两颗尖锐的毒牙深深地刺入肮脏的布条。灯光又亮了些，似乎刺痛了少年被黑色绷带蒙起的眼睛，他下意识地偏头，却被一个男性研究员蛮横地扳正脑袋。

“可以了，开始抽血吧。”

拿针管的研究员平静地点了点头。尖锐的针管平稳地凑近少年的胳膊，即将刺破那布满针孔的皮肤——

那研究员的动作停了下来，口罩之上的双眼逐渐染上了感情的温度，变得生动起来。

**系统：穿越成功——**

你睁开眼，发现自己站在熟悉的手术台旁，原来是你与十八岁的沈妄许初遇结仇的那一幕。

少年穿着简陋的白病号服，身体被一条条束缚带固定住，躺在病床上。刺眼的光映得他的脸庞白净如雪，若忽略被黑布条罩起的双眼，那是一张漂亮而无辜的脸。

此时，他是被研究所买来的半人，拥有令人僵直死亡的致命毒素，又因锁定猎物时的眼神具有震慑作用，所以代号为“Medusa”，并且做实验的时候常常需要蒙住他的双眼。

他可以利用毒素来短暂地控制其他人的行为。

——Medusa，美杜莎，希腊神话中只凭双眼就能将人变成石头的蛇发女妖。

谁也不知道，这样一个少年会是普罗米修斯的核心成员，是商业帝国最年轻低调的野心家沈妄许，他会在数月后与组织里应外合，摧毁这里。

发现你的停顿，助手疑惑地看着你：“出了什么问题吗？”

A.刺下
跳转7
267页

B. 不刺下
跳转5
265页

你弄来一支麻醉枪，悄悄地躲在门后。

凌晨2:19

你轻轻推开门往外看，一个高大的男性研究员正脚步虚浮地逼近。

你迅速地朝他开了一枪。男人吃了一惊，他死死地盯着你，从白大褂里掏出另一支狂化剂，狠狠地对着自己注射下去！

他即将瘫软的身体立刻肌肉胀起，他又重新生龙活虎起来。你脸色一变，冲过去要夺他那支仍在注射中的狂化剂，却被男人重重地甩翻到一边。

脚腕剧痛，看来你是扭到脚了。先逃！你一瘸一拐地朝走廊外跑，发现自己来到了收容层，收容室一间间地在走廊排开。后方的脚步声越来越近。

你刷了门卡，迅速躲进某个漆黑的收容间。

为了方便研究，这里的结构采用两分式，一半是研究员走动的地方，一半以玻璃间隔试验品。你发现无处躲藏，只好在黑暗里缓缓朝着玻璃靠去，尽量减少自己的存在感。

你屏住呼吸，寂静的黑暗里却传来轻轻的呼吸声，同时还有沈妄许轻轻的笑，从你脖子后响起："你来看我啦？"

玻璃后一双幽绿的蛇瞳，正注视着你。你几乎惊叫出声，又连忙捂住嘴。"我的眼睛吓着你了？"片刻后，沈妄许的声音再次响起，有些低落，"你不认识我了？"

幽绿的光不见了。你的眼睛渐渐适应了黑暗，看见少年闭起眼，懒散地靠着玻璃，像是和你背靠背一样地坐在地上。

“刚才有人追我。”你压低声音，“警惕性有点强……”

他也学你放轻嗓音：“是坏人？”

“这里工作压力太大，很多研究员会突然崩溃……他现在失去理智了。”你回答。

外面的脚步声反复徘徊，几次停留在门口，又喃喃自语地离去。

你连忙闭嘴。少年耐心地听完，似有所思，突然轻轻笑起来：“你真善良。”

你疑惑地回望他。

“崩溃又不是伤害你的理由。”少年慢悠悠地说道，“姐姐，你不用找理由为坏人开脱。”

你惊讶地看着他，想到他追着你甜甜软软叫“姐姐”仿佛是上一秒的事，不禁有种养的小孩长大了的欣慰。

“不如，”他狡黠地舔了舔尖牙，“我帮你？只需要一点小小的代价，怎么样？”

你摇摇头，严肃命令：“别自作主张，太危险了。”

沈妄许失望地“啊”了声，像一只垂头丧气的猫。

门突然被人推开。灯光泄入收容间，将你们相依的身影照得一览无余。沈妄许睁开眼，冰冷的瞳孔骤然缩成针细。

先下手为强！你忍着伤冲过去，抡起枪托就朝着男人的脑袋砸下。枪托变形，对方血流如注。你的喉咙却在下一刻被猛地扼住，整个人被他单臂高高举起，重重一扔，你被甩飞。

你的喉咙里腥甜难受，眼冒金星。

厚厚的玻璃突然被少年一拳打破，碎渣飞溅，他站在狼藉中，直起身冷冷地望向男人，如同恶魔在狞笑。

“哗啦——”你摔入一个柔软的怀抱。

对方将你稳稳抱起，指尖隔着衣料不经意地在你的后背流连，引起一阵轻轻的寒战。

你下意识地搂住那人的脖子，以免摔下去，却碰到了他脖子上冰冷的电子项圈。

“姐姐，”熟悉的少年音笑着从耳边传来，“你看，我是不是比你高了？”

你惊魂甫定地睁开眼。沈妄许那张白皙的脸就在眼前，他望着你，唇角微弯，眼神自信。真正站起来之后，你才发现他拥有极具魅力的身材：他的身形挺拔，个子至少要比你高出一头，再加上双腿修长，是十分适合穿西服之类正装的体型。

此时，刚才闯入的男人朝你们扑了过来。沈妄许抱着你，一挪步，动作流畅得如同跳交际舞：“虽然我很想继续这样抱着你……不过，我想先教训一下这个打扰气氛的家伙，你觉得呢？”你点点头，一松手从他的怀抱里滑落，脚尖刚点地，钻心的痛又阵阵袭来。

你勉强站稳，看清高大的男人朝着沈妄许举拳，连忙出声：“小心！”

沈妄许敏捷地闪过，狠狠朝对方回敬了一拳，发出兴奋的笑声。他的拳风凌厉，将男人击得踉跄，还没站稳，少年的毒牙已经迅速咬穿了他的衣服，刺入皮肉。

男人立刻身体僵直。“惹谁不好，惹我家的？”沈妄许从容地抬起腕，“咯咯”活动了一下关节，抬头望向壮硕的男人，幽绿的蛇瞳泛起冷光，嗓音骤然威严，“跪下。”

你错愕地注视着这两人。门缝外泄露的红光勾勒出两人的身影，一个高大强壮，一个相比之下显得纤弱。但真正的捕食者是纤弱的少年，他站得笔直，微笑注视着男人的动作。

男人朝着少年跪了下去，在那双蛇瞳的注视下，匍匐在他的脚边。

虽然你深知在江沉闻的手上，能一步步成为普罗米修斯军团的二把手，昔日那个天真可爱的小孩应该不会长成什么良善的角色。

但眼前的场景还是让你感觉不自在，不自觉地退后了一步。

——倒不如说，他和你上辈子认识的沈妄许其实一模一样。你脚踝剧痛，摔倒在地，惊动了沈妄许。他丢下匍匐的男人，如同扔掉手中玩具的孩子，疾步跑过来，关切地停在你身边："哪里受伤了？"

"没事没事……"你连忙摇头。

他的目光落在你肿起的脚腕上："疼吗？"沈妄许伸出指尖，小心翼翼地碰了碰。

冰凉的手指碰到你肿起发热的脚腕，如同冷敷，钻心的痛缓解了些。他单膝跪地，垂着眼耐心地、以臣服归顺的姿态轻轻地握着你的脚腕。

"你不用这样……"你努力地搜索着合适的说辞。

刚才那一幕深深地烙在你的心中，与你印象里的孩子难以避免地产生了割裂感。

"不喜欢我刚才的行为吗？"察觉到你的抗拒，沈妄许又扫了一眼倒地的男人，语气执拗，"可我觉得他不无辜。"

"我没有同情他，我只是觉得……"你低声说道，"除掉敌人当然可以，但如果为了快感而施虐，在我眼里和敌人没什么区别。"

过了十一年，他还会听你的吗？这句话会不会激怒他？

你突然听见一句认认真真的许诺："好，你不喜欢，我就不做。"

你没料到会这么简单，不禁抬起头。他突然笑起来，眼里闪烁着星星："姐姐，你果然是世界上最吸引我的人，简直像神话里的天使，每当我要坠入深渊的时候，你都会及时出现。"

原来在他眼里，你这么神奇。

你无奈地笑了笑：“你这花言巧语是江沉闻教的？怎么跟他有点像。”

“我跟他？”这句话似乎戳中了他奇怪的胜负心，沈妄许立刻反驳，“他喜欢一个人就只知道嘴上说漂亮话，实际上人家朝他走近半步，他就立刻退后。”

你忍俊不禁，笑了几声。

沈妄许注视着你，瞳孔倒映着你笑起来的模样，仿佛要将你温柔地融化。

“至于我……”他怜惜地抬起手，替你将一绺乱发拨到耳后，“我喜欢一个人，就会不计一切地去接近她，你说呢，姐姐？”

他的指尖碰到你的耳垂，淡淡的痒，你本能地躲了一下。

沈妄许将你的抗拒收入眼底，有些失落。你的手腕突然被他握住，往回一带。

你身子往前倾，掌心抵在他的腰部，隔着薄薄的病号服，感受着少年匀称结实的腹部。你正要挣扎，手腕却被少年握紧，他的蛇瞳中燃起毫不掩饰的占有欲。他安抚般地开口：“我已经长大了。”

黑暗无限放大了你的听觉，他的声音刮过你的耳朵，淡淡的痒。

“姐姐，之前说过的惩罚，我还没对你做呢。”

你愣了下。

A. 有点不快
跳转4
264页

B. 婉言安慰
跳转9
274页

在他的占有欲面前，你没有拒绝的能力，你理解重逢后的喜悦，但这样让你有点害怕。

“沈妄许，你这样会伤害我。”你让语气严肃起来，“我很高兴能和你重逢，但……你一直在对我表白，而且默认我是你的，这样很可恶，任何女孩子都需要考虑的时间，我也是。”

更何况……你们的阵营不同，虽然目的都是窃取 T 国情报，但最终你们会分道扬镳，各自为营，就像两片浮萍聚了又散。

握住你手腕的力度忽然小了。沈妄许愣了愣，似乎在思考着你的话。

你继续说道：“任何不考虑对方想法的示好，都是偏执的占有欲，我不会感动，反而会讨厌。”

听清“讨厌”，沈妄许的眼睫不易察觉地颤了颤，垂下眼帘。

半晌。

“对不起，刚才都是我从书里学的。”他小心翼翼地放开你，“我会学着克制的。”

跳转23（304页）

5

你沉默着转身，匆匆地离开手术室，因为复杂的心态，再也没有回去过。跳跃时空让你产生了后遗症，明明上一秒还在春节的街道，下一秒就回到了残忍的研究所，你难以适应。

不久后，你就接到了来自上层的罢免通知。

**系统：解铃人任务失败，**

**系统将派出时空机器人12号肃清——**

那是个身材高挑的男性机器人，银发似曾相识，他被黑绷带蒙住双眼，手持长刀，看不清脸上的情绪。

记忆里的最后一幕，是12号对你举刀。

END

肃清

**提示：不可以心软，返回2（258页）重新选择。**

⑥

午夜时分，你小心翼翼地穿越寂静的走廊。

突然有人狠狠地掐住了你的脖子——

“同归于尽吧，研究员。”

你算错了一件事：他不是失控后才随机盯上你的，而是因为你在试验上赢过他，导致男人压力过大而崩溃。

END

错棋

“没事。”你语气镇定，“做好防护措施，我有种不好的预感。”

几双手立刻伸过来，牢牢地按住少年的四肢。这一幕让你心情沉重，卧底必然伴随着道德上的牺牲，就算重生一回，有些事也无法逃避。

你尽量放轻动作，殷红的鲜血很快被抽出，少年因疼痛再次昂起头，他紧紧地咬住嘴里的布条，身体剧烈地挣扎起来。

束缚带的皮带扣被绷飞，重重地打在一个研究员的头上，在他仓皇退后时，少年的右臂挣脱束缚，狠狠地掐住了另一个研究员的喉咙。

“咔嚓”一声，下手狠厉。

手术台猛烈地晃动，一条条束缚带接连被挣断，研究员们大惊失色，连忙按响警铃，闪烁的猩红顿时笼罩了研究室。

“要狂化了！”“快！”

你的动作比上一次快了许多，飞速地朝门口撤离，却依然听到耳旁响起清晰的“嘶嘶”声，他锁定了你。

糟了。

你转身想要肘击，却在下一刻被对方牢牢地抓住，毒蛇少年抓着你的手腕，将你重重地压倒在地。

在闪烁的红光里，他一把扯下蒙眼的黑色绷带，居高临下地朝你望过来。

你还能从他的样貌辨认出他七岁时的样子，在漂亮的基础上增添了帅气的少年感，只不过……无辜可怜的羊羔在露出眼睛的那一刻，变成了碧眸的恶魔。

清冽的夜光酒、神秘的猫眼石都不及那双碧绿的蛇瞳美得惊心动魄，它与少年无辜的相貌映衬，形成一种奇异的美感。

他朝你缓缓地俯身，将头埋在你的脖颈处，柔软的发丝蹭过你的下巴，动作像撒娇的猫，只有你知道，锋利的尖牙正逼近你的喉咙。

血液仿佛在体内凝固。

冷静。

你提前穿越到多年前，为的就是感化现在的沈妄许！

你艰难地晃动着头，却惊恐地发现自己无法摆脱这个口罩，这样奇怪的动作很快引起了沈妄许的注意，他漫不经心地朝你瞥来："要帮忙吗？"

你默默地点头。

本以为沈妄许会松开你的手腕，却不料他保持着这个姿势，嘴唇缓缓挪近了你戴口罩的脸，露出尖牙。

你认命地闭上眼。

预想中熟悉的痛感没有传来。

沈妄许的尖牙贴近过来，咬住你的口罩，轻轻地将它扯下。

他突然轻轻地笑起来。

察觉到轻轻滑过你脸庞的凉意，你再睁眼，看见少年冰凉的指腹慢慢抚过你的侧脸、耳朵、下巴……一寸寸地描摹着你的面庞。

"果然是你，姐姐……这次的捉迷藏，你让我找了好久啊。"

他像一条收起攻击姿态的毒蛇，轻轻地对你开口："你擅自离开我好多年，想要我如何惩罚你呢？"

你错愕地望向少年。

等等，虽然他还记得你……但他的性格怎么还是那样偏执可怕啊？！

无论如何，再僵持下去迟早会让人起疑！

你立刻反握住他的手臂，一个天旋地转将少年压在身下。听清身下人传来倒吸凉气的声音，他没有反抗，抬头朝你笑起来，两颗尖牙若隐若现："姐姐，轻一点，你弄疼我了。"

你力道一松。

沈妄许偏了偏头，蛇瞳锁定你的身后，突然迅速地将你推出几步远。你踉跄地坐倒在地，看见几支电棍对他狠狠打了过去。

滋滋的电流在沈妄许的身上闪烁，他被击倒在地，微微抽搐。有个研究员狼狈地爬起来，怒喝"没狂化，他是装的！"，说着便狠狠地往少年脸上踹了一脚。

少年轻蔑地吐出一口血，嘲讽地对他笑。

要不是刚才他推了那一下，现在挨电的恐怕多了个你。

虽然知道他是卧底，已经做好了他要不断受苦的准备，但你还是皱了皱眉。

"够了！"你赶快找了个理由推开警卫，"你们刚才想连我也一起电吗？"

警卫们面无表情地退开："抱歉，研究员，情况特殊。"

沈妄许倒在地上喘着气，病号服上已然多了几处狼狈的焦黑，露出烫伤的皮肤。见你为他解围，他慢慢抬头，再次露出得意的笑容，简直像得到主人撑腰的小动物。

你对同事们诚恳地提议："我觉得今天不适合抽血，算了吧。"

血迹斑斑的少年被警卫拖回收容室，"咔嚓"一声，漆黑的电子项圈锁在他洁白的脖子上——这东西会在他逃跑时放电并拉响警报。

你站在玻璃外，心情既喜悦又复杂。

沈妄许端详着你，似乎再次确认过什么，他朝你友好地笑了笑。

"千万别对这些试验品产生同情，他们都是残缺的人种。"

你的肩膀被人拍了拍。

你连忙转过头，一位微胖的中年研究员站在你身边。

——这位是你的上司，被T国严重洗脑，为人严厉且啰唆。上辈子你每次露出破绽，他都第一个怀疑到你头上。

“嘶——”

见那只手还搭在你的肩上，玻璃后传来威胁的声音，沈妄许眯起眼，竖起蛇瞳。

你分明从少年眼里看清了他那近乎疯狂的占有欲，不禁默默退了半步，顺便不动声色地挣脱了老汪的手。

“劣等种就是没个人样。”老汪不耐烦地按了下操作台。

滋滋的电流立刻顺着项圈蔓延到全身，沈妄许强忍着剧痛，恶狠狠地与老汪对视，唇边却扬起挑衅的疯狂笑意。

他疼得说不出话，嘴唇开合，隔着玻璃艰难地对口型。

“有……种……你……就……电……死……我。”

“小杂种！”老汪被激怒，还要加强电击。

你连忙将话题一拐：“汪老师，您说的是，咱们不能跟半人计较。”

老汪满意地点点头，唠叨了半天才罢休。说什么十几年前，有个男研究员爱上了用来培育半人的母体，于是在母体的苦苦哀求下，他带着试验品孩子逃离了岛屿，至今他还在被追捕中。

无非是让你爱护羽翼。

残忍的电击声终于停了，沈妄许倒在地上喘着粗气，恶狠狠地目送老汪离去。

你不敢再留意玻璃后的少年，朝走廊走去。

一个金发碧眼的女性研究员递来咖啡，无奈地安慰你：“老汪每天的道理一大堆，你当空气就好了。”

这是你唯一的好友，她叫安娜，对“试验品”抱有同情心。你始终想不通这样的女孩为什么选择来这里，但你知道……投放计划失败后，安娜会惨死在狂化者的手上。

零点之后还有更紧急的事要做。

今夜轮到你在卧室休息，其他的研究员都会出去值夜班。

所里进行电路调整，会将大多数人员集中到发电站进行维护工作，届时整栋楼的监控都将关闭。当晚，有个精神崩溃的研究员会给自己注射狂化药剂，闯入你的房间进行劫持。

这种药剂会让半人们立刻狂化，对人类也会产生力量增强的作用。

你决定……

A.找一只麻醉枪 跳转3 259页

B. 提前离开卧室 跳转6 266页

在故事的结局里，王子和公主会永远在一起。

你渐渐开始相信童话。后来，在江沉闻的默许下，沈妄许脱离了普罗米修斯组织，你也从曾经的探员摇身一变，从事起了你这辈子最憧憬的职业。

你们在某个清晨乘船出发，把这艘船当作你们的婚礼场地，要找到这个世界上最和平的城市，然后定居。

哪怕穿越战火与硝烟，哪怕要用尽一生，才能等来硝烟散尽。

你是他的长明灯。

他与你同在。

在鲜花锦簇的海面婚礼上，沈妄许深情款款地牵起你的手，将代表契约的戒指戴在你的手指上，隔着你的婚纱手套，他的唇蜻蜓点水般碰过你的手背。

他笑着抬起眼睛：“从此以后，我要直呼你的名字喽，我的新娘。”

渡轮追赶着海鸥，远远看见海平面上那一轮夕阳升起。

突然想起沈妄许还不曾吻你。

你迎着海风走上甲板，在船头看见了他，于是严肃地提出了这个要求。

沈妄许倚在船上，从海浪中挪开目光，惊讶地笑着朝你望过来。

“你不怕我的毒牙？”

夕阳的红光照映着他的脸庞，给他涂上一层淡淡的醉酒红。他碧绿的蛇瞳依然美得诡异，此时却如同美酒，承载着乱世最暧昧的瑰丽。

“不怕，我终于想到一个好办法。”

你狡黠地笑了笑，拿起一条漆黑的绷带，将它缠上沈妄许的嘴唇，封住他的毒牙与话语。

然后，在他惊讶而纵容的目光中，你搂住他的脖颈，不容分说地将少年压在船头，隔着薄薄的绷带吻过他的唇。

他的眼里晕开另一种柔和的夕阳醉意，一伸手，紧紧地搂住你的腰。

谁也没有再松开。

END

玫瑰与毒牙

沈妄许将你压倒在冰冷的地面，垂目与你对视。你抬起头，看清黑暗里幽绿的蛇瞳，那蛇瞳牢牢地锁定了你的全身，仿佛这毒蛇要将你卷入腹中。

“姐姐……这次我捉住你，再也不会放手了。”沈妄许压低声音，急促开口，尾音微颤。

这个危险又占有欲十足的少年，他并不像表面那么强势，也并不是真正想对你做什么，而是……久别重逢的喜与怨糅合在一起。

连你都没想过，短短七天的相处，会贯穿他往后的十一年。

“你其实还是怨我，对吗？”你轻声说道，“我给你带来七天幸福，又离开你。”

沈妄许的眼睫颤了颤，再与你对视时，目光里有说不出的惊讶。

“对不起，把你交给江沉闻，是我当时能做出的最好选择了。”你与他直视，没有丝毫隐瞒，缓缓开口道，“江沉闻对你说过我的身份吧？放任你来这座岛上当卧底，我已经违背了自己作为探员的初衷。何况，爱一个人并不是占有。爱，可以有很多方式，你说呢？”

他望着你，一度陷入失控的目光逐渐转为平稳，握紧你手腕的指尖缓缓松开。

“对不起，是我太幼稚了。”沈妄许轻声说道，“我所有的表达方式……都是从书里学的。”

跳转23（304页）

10

六月份。

岛上渐渐炎热起来。

你手里的情报已经窃取得差不多了，只剩下即将开始的投放计划的资料。

——他们企图将废墟城市变成厮杀场，将大部分狂化者都投放进去，最终活下来的狂化者，将被回收后用来研究改良狂化药剂，继续投放于战争。

你知道，计划全面失败了。狂化者袭击了研究所。你静静地望向窗外，想象着它被烈焰遍布灼烧的惨烈未来。

“想什么呢？”安娜递过来一杯咖啡，“是不是太累了？”

你心中一暖，看着这位金发碧眼的姑娘。

——就在三天后的半夜，狂化者们袭击了研究所的大部分区域。安娜被发现的时候，她的尸体已经被撕碎，眼里没有惊恐，只有迷茫似的空洞。

经过两年的潜伏生涯，你早已习惯了卧底要面对的情感牵扯，但那一次看着朋友的尸体，你第一次感到如此疲惫，萌生了退休的念头。

如果……提前劝她随身带好麻醉枪呢？

A. 提醒
跳转13
279页

B. 不提醒
跳转15
287页

或许王子也会有自己的征途，或许公主也会有自己的梦想。或许他们只不过在漫漫的人生中惊鸿一瞥，然后各自微笑挥别，继续向高处攀登。

王子有骏马和剑，公主也有她的火枪。

你依然坚定自己的立场。

假如爱情不适合你，你会寻找更适合自己的方向。

沈妄许醒来后，你选择与他和平告别，以全新的身份做自己最喜欢的职业。而沈妄许则选择继续留在反抗军，他依然管理着普罗米修斯几家公司的财产，将一切做得滴水不漏。

后来，你周游过许多地方，遇见各种各样的人，发生过一段段不同的故事。再回国，你重游故地，听说沈妄许已经是真正成熟的公司领导者了。

战争全面爆发后，江沉闻的身份暴露于世，他旋即销声匿迹，而沈妄许活成了下一个领袖的模样。

你们都不再如当初般年少了。

重逢在意料之外，又在情理之中。那天，你风尘仆仆地回到这座工业城，忽然很想去当年和他共度七天的出租公寓看一看。

昔日的老公寓已经改建成了画廊。

你还是走了进去。

“这幅画的名字是Absence Makes the Heart Grow Fonder——意思是小别胜新婚，也可以翻译成‘渴望能滋养心中的长情’。”解说员介绍道。

油画上，一身古典装束的少女正倚在大理石上，安静地沉思。

男人静静地欣赏着，眸光里满是追忆的神采。

大理石沐浴在阳光下，勾勒出男人修长的轮廓，男人将银色长发束成低低的闲散模样，在光里熠熠生辉，禁欲又英俊，如同被精心雕琢的神灵。

你走到他身旁，主动问好。

男人朝你转身，微微一笑，碧绿的蛇瞳里沉敛着阳光的暖意。

“好久不见。”

END

初遇与重逢

⑫

你一口气击碎了六个瓶子，刚收起空枪，突然听见身后传来孩子急切的声音："小心，姐姐……"

那声音微弱又小心翼翼，在众多狞笑的声音里显得更加势单力薄。

你回头，迎面是男人报复的刀锋。

END

暗算

提示：重新选择 跳转回1（256页）。

13

当时代已不会再亮起天光，黑夜中，坚守人性底线的人们就是火把。他们微弱却坚定，注定会互相吸引，抱在一起投身烈火，将黑暗刺破。

你不忍心看着火把熄灭。

于是你借口说最近做了不少噩梦，想着三天后的投放预演，总有种很不好的直觉。

“你看，”你从白大褂的口袋里摸出麻醉枪，“你也带上吧？”

安娜笑你杞人忧天，不过最后还是无奈地让步：“好好好，我这就带……”

看着微笑的安娜，你鼻子一酸，伸手抱住她，把她吓了一跳。

“怎么啦？”她开着玩笑，“你和你家那位感情出现裂痕啦？”

“胡说八道。”你轻轻松开她，“快去吃饭吧。”

**获得线索1.1**

**跳转 14（280页）**

为了照顾沈妄许的身心健康，让他积极配合实验，你早早便申请建造一个更加温馨的住所，让他感受到更多关怀。

鉴于你如今的地位，上级批准了你的建议。

不过，安全起见，模拟公寓为全封闭式管理，所有的窗户都采用液晶屏模式投影。

这几日，你特意加固了卧室的门。

一切准备妥当。

今晚会有暴雨倾盆，雷电交加，那些狂化者会扯碎电网，鬼魅般朝着大楼袭击。上辈子你躲在卧室，蛇人破门而入，你差点遇害。

沈妄许反而是最不需要你担心的那个，作为普罗米修斯的核心成员，他有自己的手段和实力，一定能毫发无损地活下来。

再然后……你们就会分道扬镳。

一丝形容不出的低落情绪笼罩了你，你摇摇头，试图驱散这讨厌的情绪。

你坐在监控室里，慢慢地喝着咖啡，为今晚提神。

半人们垂头丧气地坐在收容室里，唯独沈妄许的“公寓”比研究员们的还要精致。

不被拉去做实验的时候，沈妄许很散漫。他将大把的时间花在吃饭和睡觉这两件事上，看得你异常羡慕，决定自己退休之后也要这么活着。

虽然知道这样偷窥人家不太好，但你还是按了几下按钮。餐厅、卧室……都没有他的身影。突然浴室门“唰”的一声被拉开，沈妄许出现在门口，他刚洗完澡，正擦着银发上湿漉漉的水。

他还没有穿上衣，放大的屏幕将他的身材展现得一览无余，水珠顺着他的腰身往下滑落。你睁大了眼，手忙脚乱想要切掉监控，却无意拍在了放大按钮上。摄像机对准银发少年，慷慨地一再放大，仔细看，还能看清那双碧眸上的睫毛，也挂着细微的水珠。

他似乎敏锐地有所察觉，朝着这边抬眼，隔着屏幕与你对视。你脸上发烫，恨不得钻到桌子底下去。

沈妄许眨了眨眼，大大方方地朝着摄像头抬了下手，愉快地打了个招呼："嗨。"

你："……"

身后突然响起助手结结巴巴的声音："研……研究员，打扰您观看了，这是关于今晚的投放预演事项，让您去一趟……"

你"啪"地切掉屏幕，手忙脚乱地接过文件："好，我知道了。"

乌云压近岛屿，苍白的研究所建筑如同岛的外突骨骼，突兀而孤独地伫立。偌大的城市废墟被当作试验基地，被坚硬的电网隔开，吊臂发出轰隆隆的声音，正将集装箱投放到基地。

轰隆——

集装箱从内部被一下一下地撞击，很快凹凸不平。那是被注射狂化药剂的半人们，他们正疯狂地寻找自由，发出嘶吼与哭声。

大雨骤然倾盆，淹没了那些撕心裂肺的声音。你默默地在平板上做着自己的工作。终于，狂化者们撞破集装箱，像蚁群一样黑压压地出巢。他们当中有些朝你们这边扑来，被高压网电得猛地弹开。

从监视屏中看到这幕，老汪那伙人发出嘲讽的冷笑。你关掉平板，也冷冷地朝着老汪的方向望去。他们低估了生命对自由的渴望，也践踏了前人的艰苦奋斗，将智慧生命肆意玩弄。

你迅速交接工作，撑伞朝大楼里快步走去。雷电交加，整座岛屿在暴雨里亮如白昼。电网那边传来研究员们惊恐的喊声，黑压压的狂化者们正朝着这边跑来。

你决然地丢了伞，大约在跑上三楼的时候，你听见下层不时传来“咚咚”的脚步声。他们越来越近了。你握紧麻醉枪，踏上四楼走廊，朝着走廊尽头的房间冲去——

金黄的蛇瞳锁定了你。狂化者扑来，发出危险的“嘶嘶”声，你一翻身惊险地躲过，持枪对准了他，心中暗惊：蛇人怎么会直接出现在走廊？上次他明明是在你回房间后才出现的！

暴雨夹着海风扑面吹来，扫了一眼被打碎的玻璃，你突然明白：他是打碎玻璃爬上来的，此前一直在走廊徘徊，此刻正好徘徊到这里。

你连续躲过他的攻击，麻醉枪迟迟没有射出的时机，听着楼下接近的脚步声，心中不禁愈发着急。

又一声巨雷响彻大地，雷电劈坏了电路，整座大楼忽地陷入黑暗。

对方狞笑两声，缓缓闭上了蛇瞳。你无法看清他所处的位置，却能听到“嘶嘶”逼近的声音，像是刻意戏弄你。

糟了！你感觉自己仿佛置身于漆黑的大海里飘摇的孤帆，端着枪警惕地环顾四周，想让眼睛尽快适应黑暗。

走廊里远远地亮起一双蛇瞳，脚步声停在了你们这层。你下意识朝他开枪。那人吃了一惊，没有躲。麻醉剂准确无误地射中他的胳膊，那人立刻发出吃痛的“嘶”声，熟悉的少年音响起：“哎呀，你也太狠了……我好心来救你，一见面就打我。”

你才发现那双蛇瞳是幽绿色的，诡异又漂亮，比你对付的狂化者更蛊惑诱人。

眼睛终于适应了黑暗。你看见沈妄许一手持枪走来，皮鞋踩过走

SHEN FEN ZI LIAO
SHEN WANG XU
身份资料
Shen Fen Zi Liao
·狩·猎·恋·人·

## 线索日记

1.1 温越的包里有一个联络手环

1.2 请多指教，唯一的联系人

1.3 我决定暂时帮他隐瞒药的下落

## 主任务

引导目标走向正途

## 附加任务

2300年2月6日凌晨2:30将在北区星光路附近发生狂化虎人袭击案，伤亡45人，包括两名我方高级人员，影响极其恶劣，要求解铃人阻止。

2300年8月22日凌晨3:00将在北区明月路发生大型恐怖袭击案，伤亡公民百余人，要求解铃人尽力减少伤亡。

姓　名：江沉闻

性　别：男

当时年龄：25岁

出生日期：2279-06-08

户籍出生地：未知

职　业：艺术家、慈善家

## 「线索资料」

- 1.1 我很明白公信力的重要性
- 1.2 我有意摔碎他最珍爱的茶叶罐
- 1.3 看到了他的日记本……

SHEN FEN ZI LIAO

**姓　　名**：温越

**性　　别**：男

**种　　族**：人

**当时年龄**：19岁

**出生日期**：228-12-17

**户籍出生地**：Utopia工业城-201北区 繁星街道3号社区

**职　　业**：赏金猎人

## 「经历描述」

经当局调查，目标九岁经历“游乐场劫持血案”，目睹父母遭遇凶杀，葬礼后，被北区的半人亲戚收养（无血缘关系），初中前因体质虚弱中断学业，性格沉郁孤僻，疑似有反社会倾向。在2300年11月6日的一场大火中逃离亲戚家。后成为黑市首席赏金猎人，代号“月”，以狩猎发狂半人为生，不久后被Black收入麾下，加入普罗米修斯组织。

**解铃人身份**：比目标小一岁的表妹，北区军校就读三年级，半人基因为绵羊系，被发现死于家中。

## 「线索日记」

Xian Suo Ri Ji

大学时在艺术展偶遇过的神秘男人。

之后的几年，我像着魔似的查阅了很多关于他的新闻和报道，也一度像着魔似的偷偷在有他作品的各大画展上徘徊了很久很久。

现在想想，懵懂时代的心事真是天真又幼稚。

他身为国内外知名的画家，以笔触热烈的油画闻名上流社会，身边不乏优秀的异性，却如此洁身自好。

大概是因为他早有了挚爱，是当时他身边那个令人印象深刻的女性。

但她很低调，从未在新闻报道里出现过。

## 「隐藏日记」

Yin Cang Ri Ji

从T国研究所出逃后，我们曾是彼此唯一的家人。

我不明白他有多恨江许，才能在早已预知的情况下，还任由车祸夺走了自己养父的生命。

他对我却耐心如初。

建立"普罗米修斯"后，我暗地里化身Black指挥战场，他则利用名流艺术家的身份为组织打探情报。

我们就像双生花，看似明暗不相关，却注定终身相依。

SHEN ZHI LIAO

## 「线索日记」

1.1 查看书房的时候，好像自言自语被什么人听去了……

1.2 魏家的秘密究竟是什么？

1.3 书房的钥匙

## 「主任务」

引导目标走向正途（必要时刻可击杀）

## 「大事件提醒」

2302年2月10日下午18:30，南区官方研究所遭遇“普罗米修斯”爆破，Black在南区大部分街区竖起电子屏障墙，自立“解放区”。当日下午，目标邀请众多官员前往研究所巡视，导致我方高层损失惨重，目标本人倒戈以求保命。

至2304年初，201城南区全境沦陷。

SHEN FEN ZI LIAO

姓　　名：沈妄许

性　　别：男

种　　族：半人（毒蛇基因）

当时年龄：18岁

出生日期：2282-04-14

户籍出生地：无处考查

「经历描述」

经当局调查，目标七岁被作为商品卖到201城，后续经历不详，后为“普罗米修斯”高层，手中运营多家公司。2300年6月15日，他伪装成试验品（代号“Medusa”）潜入T国边境线上的海上研究所，窃取该国基因实验的重要资料并公布于世，并于当日捣毁该研究所，造成世界范围内的恐慌事件，引爆基因战争。

**解铃人身份：**（为解铃人原本生前身份）我署高级探员，2298年为窃取资料卧底T国海上研究所。2300年6月15日撤离当晚，牺牲于和“普罗米修斯”组织的交火中，任务失败。

姓　　名：魏云澜

性　　别：男

种　　族：半人（龙基因）

当时年龄：25岁

出生日期：2277-12-17

户籍出生地：Utopia工业城-981，具体地址不详

曾任军衔：201城-执行官上校，
主要负责城内治安及城外巡逻。

## 「经历描述」

经当局调查，目标人物十岁时为流浪儿，被201工业城首富魏家家主捡回，训练长大，数年来在边境线屡立奇功，后升任201城最年轻的上校，与魏大小姐定下婚约。

2302年“火种战争”正式爆发，魏云澜叛至普罗米修斯，后自立反抗军割据一方，狼子野心可鉴。

**解铃人身份：**魏家长女，因少时目睹初恋情人身亡，精神状况长期不稳定，并且有暴力倾向，后来执意与魏云澜订婚。“火种战争”爆发后，她也下落不明。（有传闻说她已被魏云澜监禁而死。）

SHEN FEN ZI LIAO

## 「线索日记」

1.1 我隐晦地提醒了安娜，希望她能躲过一劫。

1.2 这是一场骗局，人的信仰崩塌只需要一瞬间。

1.3 我确定自己喜欢他。

## 「主任务」

盗取T国的实验资料，交给我署进行对外公布。

## 「记忆日志」

2300年2月12日2：19：一名情绪不稳定的男性研究员闯入我的卧室，虽然立刻将其击毙，但我因为敏捷的身手引起研究所的怀疑。

2300年6月15日00：00，研究所将在废墟投放一批狂化者，但因操作失误，狂化者袭击大楼，造成几十名人员死亡，死者包括安娜。

狩猎恋人·身份资料

廊的地面，每一步都散发出一股浓重的压迫感。他的黑衬衫上还沾着血迹，顺着袖口缓缓地滴落——他走过的地方死一般寂静无声，看来是硬生生地杀出了血路。

原来楼下的厮杀声是他掀起的。

“滚。”他轻飘飘地命令蛇人，“她是我看上的。”

蛇人不肯放弃到手的猎物。你目光一沉，举起枪托准备迎击，突然被火光晃疼了眼。

砰！蛇人中弹倒在你脚边。沈妄许一步步地逼近，连续扣动扳机，每次硝烟火光都照亮他的侧脸。他的唇角愈发上扬，携着疯狂而危险的笑意。

——来救人的很可能不是英雄，而是为你失了控一路杀进来的黑帮暴徒。

“我不是说过……”沈妄许停在奄奄一息的蛇人面前，缓缓垂下眼睫，将手枪指向他的脑袋，一字一顿，“别动我的人吗？”

蛇人多处中弹，咬牙切齿：“居然甘愿当人类的狗……”

沈妄许愉快地眨眨眼，懒洋洋地想了想，朝你歪头瞥来：“汪？”

你神差鬼使地摸了摸他的头发。

“叛徒，败类！”蛇人满脸的不可置信，破口大骂，“正因为有你这种人，我们才受尽屈辱……”

“说什么呢？”沈妄许一声嗤笑，懒洋洋地说道，“反抗强权和保护爱人，这并没有什么冲突，我这人一向公私分明。”

他指向蛇人的脑袋，缓缓扣动扳机。

“真可惜，伤害了她，无论你是正义还是邪恶，都不行。”

你担忧地看着他的胳膊，难道麻醉剂对他这种强大的半人无效？

“姐姐？”沈妄许从蛇人的身上挪开目光，眼神瞬间变得委屈，“你打得我好疼，我这边胳膊都没知觉了。”

……原来是装的。

“对不起啊，我不擅长摸黑作战……”你扶着他一步步往房间走去，小心翼翼地将他放在你的单人床上。

“啊……全身都软了。”沈妄许坐在你的被褥上，不住地揉着发软的肩膀，眼里冒星星，“姐姐，就算你对我做什么坏事，我也根本反抗不了。”

“放心吧，我不会的。”你找到小夜灯点亮，淡淡地瞥了他一眼，也坐在床边，“这支麻醉剂大概会让你睡六个小时。”

他发出失望的声音，外面一阵雷雨声响。你捧着暖洋洋的小夜灯，它晕开一片橘黄的光，将你们之间照亮。

“姐姐？”听见身旁传来轻轻的呼唤，你转过头，发现沈妄许正温和地望着你，“这样会不会太近，让你感觉不舒服？”

“咚咚”，急促的敲门声突然响起，打破了你们之间的气氛。你惊讶地望向门外，是几个杀进楼层的警卫，正要蛮横地推开你的房间门。

你们不约而同地对视。

“过来！”你骤然压低声音，拽着沈妄许向后一躺。

沈妄许忽然被你拽倒，身体直直地朝你压倒过来。他目光惊讶，下意识地要退开，你已经一下掀起了被子，蒙在他的头上。

警卫推开门缝看了一眼，严厉提醒：“请不要从房间出去。”

门被砰一声关好，整个房间又沉入小橘灯的暖色中。

你松了口气：“真惊险……”

被子忽然动了动，压在你身上的重量也忽然一松，沈妄许似乎撑起了身体，声音闷闷地从被子里传来：“姐……姐姐……”

那是腼腆又慌乱的声音。

你这才意识到这个距离很不妙，连忙掀开被子，与那双幽绿的蛇瞳对视。

“不是，你听我说，事出紧急……”你语无伦次地解释。

那双眼睛的主人居然可疑地挪开视线。

被子又滑落些许，沈妄许的银发也露了出来。他居然已是满脸通红，咳了一声，慢吞吞地说道：“姐姐，你的手刚才一直放在我的脸上。”

“啊……”你有些慌乱，“真的吗？”

“真的，不信你看——”他语气委屈。

暖光融融，视线内除了他之外，皆是黑暗。

沈妄许牵起你的右手，将你的掌心轻轻地贴在他的侧脸，触感微凉。他专注地闭起眼睛，享受了这一小会儿的静谧，才微笑着睁开眼。

“假的。”

——早知道他不是个纯情的家伙！

你一咬牙就要捏捏他的脸。沈妄许指尖的力度忽然加重，他握紧了你的手腕，不让你乱动。

“姐姐，”他嘴角上扬，含情脉脉地注视着你，“在床上对成年人做捏脸这种事，可是会付出代价的，”咫尺间的沈妄许好似变了个人。暖灯描摹出他的容貌，落入他长睫下碧绿深邃的瞳孔。他的声音很平静，说话的时候却唇角带笑，两颗尖牙若隐若现。

你知道，沈妄许依然是沈妄许。

可此时此刻，他散发的气质却如同醉人的毒酒，既诱惑着你，也让你感到身为猎物般……危险。

“十一年过去了……”你轻声问，“值得吗？十一年都等着同一个人回来，你有没有想过，如果重逢是骗你的，我不会再回来了呢？”

灯光映入他的眼睛，照得他眼底透彻，爱意如炽热的火。

“在你回来之前，我会一直等。”

“原本我以为等待你的时间会很漫长，漫长到想要放弃，但自从你出现的那一瞬间，这些时间都好像被压缩了，就好像……你只不过是出了趟门回来那样短。”他认真回答。你们在微光里对视。

你刚要说话，又被门外的脚步声惊得一转头。

沈安许轻轻地笑，忽然再次掀起被子，罩在你们头上，隔绝出一方小小暖暖的世界。

“你有没有听过，睡觉的时候，被窝里是最安全的地方？”沈安许朝你眨眨眼，“姐姐，咱们就在世界上最安全的地方聊聊天吧？”

要聊聊吗？

A. 聊聊天吧
跳转18
293页

B. 等待天亮
跳转20
299页

15

研究所里处处都是眼线。

谨慎起见，你还是没有告诉安娜这件事。

跳转14（280页）

你瞄准瓶身，扣动扳机，很快打碎了五个玻璃瓶。

银发碧瞳的蛇人小孩捧着半杯热牛奶，呆呆地抬起头，眼神里闪烁着奇异的光。那是希望与艳羡的眼神，在深渊泥潭中打滚的孩子从未想过，世上还有另一种生存方式，可以活得利落且自由。

还剩最后一个瓶子。

察觉到身后冷风逼近，你毫不犹豫地一转身，扣动扳机。

“砰——”男人错愕地睁大了眼，在混乱的尖叫声中倒下，手里还握着锋利的刀子，是袭击你的证明。你早料到这人必会偷袭，这枚子弹就是给他留的。

赌场里乱成一片。孩子看见这场面，吓得手一松，牛奶瓶“哗啦”摔碎。他小脸煞白，跪坐下去要一片一片地拾。

“不用管了，走！”你抱起小孩，一脚踹开大门。

你跑到气喘吁吁才停下，四周已是热闹的街区。因为小孩脖子上的电子项圈，不少路人惊讶地纷纷望过来。看见人群，他睁大的眼睛里满是惊恐，被你抱在怀里，不知道该往哪里看，只好愣愣地望着你。

你抱着小妄许找了间公寓租下，顺路买了点吃的喝的。吃完饭，你开始研究他项圈上的电子锁。“当啷”项圈松开，他惊讶地睁大了眼睛，不明白你是如何做到的。

你捡起项圈，见他害怕地往后缩了一下。“这东西再也不需要了。”你领着小妄许来到阳台，在夜色里环顾四下，确认没有路人，才郑重地将它递到他手里，“来，咱们把它丢出去，越远越好。”

他双手接过项圈，努力地抬头想要看清阳台下的光景，奈何身高不够，只好努力地踮脚。

你忍俊不禁，伸手把他举高：“举高高喽——”

“啊……”他新奇地睁大了眼，真正看清了夜色里的霓虹灯与高楼大厦，发出轻轻的惊呼声。他捏紧项圈，深深地看了它一眼，下定决心，用尽全力把它抛了出去——

就像抛下自己过去的人生。

看着它消失在夜色里，你终于从他的嘴角隐约发现一丝上扬的弧度。

耐心地教小妄许如何使用花洒后，你转身要走出浴室，突然被轻轻捏住了衣角。

“要去哪儿……”他抬眼望着你，颤声问道。

你心中柔软了一下，拍拍他的头：“姐姐就在外面等你，哪儿也不去。”

你拉好浴室门。里面很快响起“哗啦啦”的沐浴声。坐在沙发上等着，你眼皮发沉，不知不觉地睡了过去。沐浴的水声不知何时停了，浴室门被小心翼翼地推开，有人蹑手蹑脚地走近沙发，凑过来观察着你。

灯被悄悄关上。察觉有软乎乎小动物般的东西依偎着你，你迷迷糊糊地看了一眼。幼小的沈妄许蜷在你的身边睡着了，他靠着你的肩膀，呼吸均匀。

你轻轻地摸了摸他的头，这七天……或许会过得很快吧。不能留这么小的孩子一个人在这儿，到时候要给他找个孤儿院才行。

第二天早晨，你被煎锅的滋滋声吵醒，揉着眼睛走进厨房。

小妄许正努力地翻炒着煎锅里的鸡蛋，他还不够高，所以搬了个小凳子站在上面炒菜。表情倔强认真，阵阵香味正勾着你的味蕾。

“早啊。”你笑着开口。

他吓了一跳，手里的炒勺掉了下去，他急着去抓，不慎从小凳子上摔下来：“啊——”

你连忙跑过去，稳稳地将他接住。

小妄许条件反射般警惕地抬头，蛇瞳瞬间缩小，仿佛捕猎者。在看清你的那一刹，他的眼神才恢复放松：“姐姐……”

甜甜软软，委屈的嗓音。你蹲下身，认真地帮他扶稳小凳子：“来，继续做吧，有我在呢。”

孩子翻炒的动作十分生疏。虽然你很想帮他，但想到七天后注定要离开，你还是忍下了这个念头。

毕竟……你无法陪在他身边，一直帮助他直到他长大。

早晨很快在煎蛋的香气中溜走。

吃过饭，你才发现孩子的手背被油星烫伤了一点儿。他似乎觉得痛，时不时偷偷看一眼，偷偷地揉揉。

“我看看！”你惊讶出声，连忙拉着他的手在水龙头下冲洗，“你怎么不跟我说啊，留伤疤就糟了……”

察觉到你语气里的责怪，孩子轻微地颤了一下：“对不起……我一受伤就哭，他们就骂我……”

你动作微顿。“我不会因为这些骂你的。”你想了想，认真告诉他，“这不是你的错，并不是所有的责备你都要反省，大人有时候是错的，只不过他们不愿承认。”

望着哗啦啦的水流，孩子默默地吸了下鼻子，眼圈泛红。

“哭也不是错，只是一种很正常的情绪表达。”你轻轻地说道，“想哭就哭吧。”

你听见孩子啜泣的次数愈发增多。大滴大滴的眼泪顺着他的脸滑落，啜泣的声音终于转为呜咽，伴随你轻轻的安慰声，在那个午后的阳光里响起。

或许，在此后的很多年里，无论是遭受苦难还是奋力而战的沈妄许，都无法再这样好好地痛哭过一场。就算被抽血至虚弱，就算被实验员拿电棍围打，少年始终不曾卸下唇边嘲讽的笑容。

在接下来的时光里，你决定：

A. 一起读书
跳转17
292页
B. 一起过生日
跳转19
295页
C. 一切都交代
完了，走吧
跳转2
257页

17

为了不虚度这短短的七天，你不仅每天陪沈妄许玩游戏，还买了许多零食和绘本。小妄许对你提起过，他的妈妈是个言情小说作家，但你找了一圈，都没能找到他妈妈的书。

在阳光明媚的日子里，你们坐在地板上看书。

小妄许太小还不认识几个字，于是你耐心地给他读起童话故事：“所以，公主和王子就快乐地生活在一起……”

合上书，你发现孩子认真地抬起头，眼睛里倒映着一个你。

“怎么啦？”

“结婚之后，他们会永远在一起吗？”他问。

真是小孩子常见的问题。“会啊。”你一本正经地回答，“王子娶了公主当新娘，他们当然不会分开啦。”

孩子的眼睛亮亮的，稚嫩的声音十分认真：“姐姐，我可以娶你当新娘吗？”

你：“……”

“这……这个嘛……”你咳了声，“等你长大再说，至少要长到比我高吧。”

跳转回16（291页）继续探索

“你的母亲，”你轻声问，“她是什么样的人？”

沈妄许想了想，用追忆的语气开口：“我的母亲在我出生不久后就死了，是被我杀死的。”

你愣了下：“怎么会？”

“我的剧毒是与生俱来的。”他轻描淡写地笑笑，“我爸爸曾是半人明星，我妈妈是个人类作家。据说他们相爱的时候，种族矛盾还没有那么激烈。”

随着他短短的几句描述，你能设想到，在追捧半人明星的热潮还是主流的时候，这对男女的爱情故事有多么浪漫。

“谁也没想到，我天生就带有这可恶的毒素，所以……”沈妄许顿了下，轻轻地叹了口气，“我妈妈第一次满怀喜悦地抱起我，要喂奶的时候，我的毒牙杀了她。”

“我那时候不停地……不停地大哭，我睁开眼睛盯着我妈妈，想要奶喝……”

沈妄许的语气渐渐激动起来，尾音发颤。

你轻轻地握住他的手。

“因为我的眼睛能控制中毒濒死的人，所以我妈妈来不及喊人救命，她能做的只有不停地给我奶喝……直到咽气。”他低声添了句，“是我杀了她。”

“杀死她的绝不是你。”你打断他的话，语气温柔而坚定，“是这个时代，是这个研究所制造的悲剧。”

沈妄许朝你抬起眼。

你轻轻地伸出手，摸摸他的头：“我不能代表谁，但我想……你妈妈一定很爱你，她想让你茁壮成长。”

你的指尖轻轻地碰到少年柔软的银发，如同抚摸一只驯顺的猫。

沈妄许的眼里闪烁着微光，他的手缓慢地抬起，轻轻握住了你的指尖，不允许它再悄然溜走。

“谢谢你，姐姐。”

跳转20（299页）

日子一天天地过去，虽然你极力掩饰自己要离去的事实，但沈妄许还是整天依依不舍地跟在你身后，像个小尾巴。就好像他下一次眨眼，你会立刻消失不见。

你决定在离开前，最后让小妄许体验一次过生日的幸福。

你拎着蛋糕，拐入你们居住的公寓楼街道，正心不在焉地想着该如何完成一场告别，突然被路灯下闪出的黑影持刀抵住了喉咙。

你吃了一惊，刚想回头，对方却轻轻地开了口："别动，会受伤。"

熟悉的嗓音。

比起歹徒的威胁，这更像是温和的忠告，毫无威胁性。那是被刻意严肃压低的，难以掩饰温柔的，如同对恋人诉说情话的声线。

伴随着一阵淡淡的玫瑰香。

"居然亲自追到这儿，Black。"你平静地说道，"你们普罗米修斯是没人手了吗？"

"是啊，亲爱的。"江沉闻轻轻地笑起来，如同惬意地与老友聊天，"我真不想亲自来除掉你，不如，考虑一下加入我们？我勉强允许你被沈妄许拐走。"

刀锋被稳稳地捏在那只修长的手里，距离你的皮肤刚好一厘米。

"我拒绝。"你冰冷地回答，"而且，我觉得你做事前后矛盾。如果你不想让我从你手里策反沈妄许，为什么还要装成路人，告诉我他在赌场？"

江沉闻的呼吸平稳，没有回答。

你们保持着这种危险的姿势。

他的刀既没有向前逼近，也没有放下，久经战场的直觉让你觉得，身后的人半点杀意都没有。

你看不到他此时的神情。

“姐姐！”

柔软的童声远远响起，你抬起头，看见路灯下一个小小的、纤弱的人影正奋力朝你跑过来。远远看见江沉闻站在你身边，再看清他的神情，小妄许愣了下，大大的眼睛里突然浮起委屈的泪光，这一声喊得十分不甘心：“姐姐……他是谁？”

江沉闻的语气缱绻，带上几分轻飘飘的嘲讽：“这么小就知道嫉妒？”

……明明是一场打劫，可究竟是什么样的表情才能被人误认为在暧昧啊。不对，这孩子才这么小，潜在性格就这么偏执了吗？！

你朝他喊：“没事，你别过来，这里有怪哥哥——”

江沉闻劫持你的动作一僵。

小妄许终于看清脖子上的刀，表情瞬间变得凶狠，蛇瞳骤缩，死死盯住了你身后的江沉闻，如同一条护主的小蛇。

江沉闻轻轻地叹了口气，忽然松开你。

你朝着即将失控的小妄许冲过去，摸摸他的头：“没事没事……你看，姐姐给你买蛋糕了。”

沈妄许委屈地点头，忽然扑过来紧紧地抱住你：“姐姐，你这么晚不回家，我以为你不要我了……”

你轻轻地拍着他的后背，想到自己的确会在不久后弃他而去，不禁心酸起来：“我……”

你走之后，年幼的沈妄许该要经历多少苦，境况才能在加入普罗米修斯后有所好转！

一个大胆的、绝不应有的念头冒了出来。

既然 Black 本人就在这里，为什么不直接求助他？

回头看看，昏暗的路灯下，江沉闻正背对着你们缓缓朝远处走去，像一把归鞘的薄刀。

“江沉闻。”

你犹豫了一下，出声叫他的名字，意外地很顺口：“咱们加个联系方式吧？我有事要跟你说。”

江沉闻的脚步微微一顿，回身朝你微笑，眼神温柔：“遵命，亲爱的。”

领着沈妄许回屋，你神秘兮兮地熄了灯：“你先闭眼在这儿等我。”

沈妄许乖乖地闭上双眼，坐在桌旁等待着。

你小心翼翼地拆开蛋糕盒，点燃七根蜡烛：“好啦，睁眼吧，虽然今天不是你的生日，但咱们就算它是好啦。”

烛火如星光点点，映入孩子晶亮的眼眸。他吸了吸鼻子：“姐姐……”

“来，许愿吹蜡烛吧。”你温柔地提醒他。

孩子虔诚地闭眼，过了好一会儿才朝着蜡烛俯身，做出要吹的样子，被烛光点亮的双眼却朝你抬过来：“我的愿望是要姐姐一直陪我。”

他果然已经察觉出你的离去之意。

你努力让自己柔软的心坚硬起来：“可是……如果姐姐离开，要怎么办呢？”

沈妄许垂了垂眼：“一定要走吗？”

你点了点头：“这是我控制不了的事情，对不起，但总有一天我们会再重逢……如果那时候你还记得我。”

他垂着眼，半天不说话。

就在你要安慰的时候，他却已经坚定地抬起了头："那我一定要牢牢记住你，等你回来接我。"

他"呼"地吹灭了蜡烛，房间里陷入黑暗。

你正要起身去开灯，忽然有什么凉凉的触感落在了额头上，如蜻蜓点水，薄如蝉翼，飞快地一点，又立刻离开。

——那是一个天真的、依依不舍的吻。

**系统：倒计时三十分钟，请尽快撤离。**

你调出江沉闻的联络页面："在？收小孩儿吗？"

江沉闻："……"

你："我快要走了，想把沈妄许交给你们照顾，你们可以培养他为组织效力，这样未来的事件就不会改变，咱们也算是公平竞争，怎么样？"

过了一会儿，江沉闻发来回复。

"如你所愿，亲爱的。"

跳转回16（291页）继续探索

20

你不知不觉地睡了过去。

听清身边那人均匀的呼吸声，你半梦半醒间睁开眼，看清睡在你身边的银发少年。熟睡之中，他不自觉地靠过来，安静地将脑袋靠在你的颈间，如同一只放松戒备的小兽。

你忍不住伸出手，揉了揉他的头发。他无意识地扬起唇角，亲昵地蹭了蹭你的手心，少年轻轻地哼了一声。你连忙缩回手，却发现他在迷迷糊糊地说梦话。

“别走，求你……”

再醒已是天亮，你的房间被人整理过，被子也细心地盖在你身上，床头还放了面包和牛奶以及沈妄许留下的字条。

“早上好，早餐记得吃，我先回去了。”

你慢慢地吃着早餐，用手环联络安娜，想问问昨晚的情况，却联络不上。

于是心中有种不好的预感，你又看了看沈妄许的收容间，昨晚断电，没人发现他溜出去过。

“叮咚——”

手环突然收到一条紧急通知。

经调查，狂化者失控事件是有人有意而为，那人已被研究所发现了真实身份，是来自 X 国窃取情报的女间谍。

你看到熟悉的名字——“安娜”。

这个无比熟悉的名字不住地在你脑海里盘旋。

你匆匆地穿好外套，夺门而出，却看见两个高大的警卫站在门前："请跟我们去一趟审问室。"

昨晚狂化者们突然暴动，朝大楼袭击，是因为安娜偷偷地操控了一个狂化者，她有意指引它与同伴交流，从而达成袭击——毁灭研究所。

今天早晨，警卫们在办公室里发现了安娜。


A. 已获得
线索1.1
跳转21
301页

B. 未获得
线索1.1
跳转22
303页

被发现的时候，她正拿着麻醉枪，脸色惨白地站在狂化者的尸体前，对着他又哭又笑：“都是假的，什么信仰……”

他们把你带到审问室的时候，你隔着玻璃看见安娜正面如死灰地被锁在桌子旁，任谁逼问也不开口。

“研究员，你们平时关系最近，院方希望你能协助询问，问清楚她如何操控狂化者。”

你坐在蓬头垢面的安娜对面，轻轻唤她的名字。

“我所信仰的都是假的，那根本不是正义……”她抬起头，眼神涣散，“最大的笑话是我自己……我曾以为自己奉命潜入这个罪恶的地方，是因为我的国家想要揭发他们的罪……”

你听得发愣，安娜……她和你是同样的使命？

“假的！”她发出恐怖的笑声，突然激动地拍桌，“前几天我在岛上遇到一个男人……通过他我才知道，各国来这儿窃取情报，只不过是想得到有用的研究报告，然后到自己的国土上如法炮制而已！半人的悲剧不会停止，会一直延续！是我，亲手延续了这份罪恶……”

各国，也包括……你的国家？

回想起那些搜集到的资料，比起揭发，参考价值好像更高一些。难道你也是乱世的推进者？那解铃计划又算什么？

安娜哭起来：“我男朋友就是这里的半人，他临死前最大的愿望就是变成人类……他什么都没做错……”

“安娜？”你再次唤她，“岛上的那个男人是谁？”

普罗米修斯已经潜入岛屿放置炸弹，你脑海中立刻浮现出江沉闻的模样。

安娜突然握住你的双手："你的恋人也是半人，你一定能理解我吧？！"

你压下内心的惊涛骇浪，猛地起身："我不明白你在说什么。"

"抱歉。"你朝审问室外走去，"请让我缓缓心情。"

警卫们没有给你让路。老汪对着研究所的高层窃窃私语。警卫一左一右地抓住你的胳膊，不顾你诧异的抗议，将你丢进了某间特殊审问室。

你重重地锤门。

只听见外面老汪的冷笑声："别以为我没听到，那天你和安娜密谋带武器，要我说，你肯定是她的同伙！"

你提醒安娜提前带麻醉枪的时候，老汪在走廊拐角听了个真切。此时安娜已经用不上了，一看可以为组织立功，他立刻将你推了出去。

**获得线索1.2**

跳转24（308页）

她没有拿武器，被狂化者们反噬，咬得肢体不全，已经断了气。

当他们把你带到某间特殊的审问室，一阵森冷浮上心头，那是极其不妙的预感。你故作镇定地转过身：“安娜已经死了，我们不是应该最后去看看她的尸体吗？”

几乎还没说完话，你就被警卫推了进去。

理由是你与安娜过于接近，高层怀疑你们是同一伙人。

难道……这一次，你的态度无形地影响了安娜的暴露程度？

跳转24（308页）

书里？

“是爱情小说吗？”你问。

“对，我妈妈的书全都绝版了，我只找到结尾。”他声音放轻，“所以我只知道爱情的结尾……不太明白过程，我习惯恨一个人就去解决掉他，至于怎么去爱一个人，我还没学会。”

“爱情不是你理解的那样，不是所有的故事都会一步走到结尾。”你严肃地纠正，“何况咱们各自都有任务，我希望你再等等，好吗？”

沈妄许像个乖巧的学生，认真地低头认错：“知道了，我会等你想起来。”

他的语气很平稳真诚，偏偏他还长了一张无辜的脸，因此低头服软的时候，显得特别委屈。你见他乖巧地认错，也难以再训下去。

见你迟迟不说话，沈妄许想了几秒钟，偷偷地把视线挪到你的脚腕上，试探着小声问：“姐姐，你还生气吗？”

“好多了。”你有点心软，“谢谢你帮我，你刚才是不是说过有代价？”

“对啊。”沈妄许眼睛一转，一本正经地咳了声，“那我现在要收费喽？小数目，你一定付得起。”

以沈妄许现在的身家地位，他随口说的“小数目”恐怕是你一年的薪资，你还要给自己攒退休养老钱呢。

“你要多少钱？”你脱口而出，“你们霸道总裁也会缺钱吗？”

……

你才是受小说影响最深的。

“姐姐，你真可爱。”沈妄许果然“扑哧”笑出声，故作委屈，“你看，刚才我这个总裁难得霸道一回，还被你教训了。”

刚才撑起来的气势全被你一句口误给毁了个干干净净，你脸上发烫，和他对视。

“既然你说我不懂喜欢，”他凑近些，眼里闪烁着期待的光芒，“姐姐，什么是正确的喜欢方式，你可以教我吗？”

他这次没有小心翼翼，也没有刚才的偏执，卸去满身带刺的外壳，只剩下少年柔软的本音，偏偏尾音又有意无意地拖长，像撒娇，像是在人心上挠痒痒。

少年清楚什么样的语气才是最讨人喜欢的。你想了想，朝他伸出小拇指：“我答应你。”

沈妄许与你勾指起誓，眉眼里终于绽开笑意：“一言为定。”沈妄许脖子上的项圈突然亮起微光，他脸色变了下，猛地与你分开。

电流从项圈里释放，流窜他的全身，在沈妄许急促而痛苦的喘息声中，你闻到了可怕的焦煳味。

“他们来了，”你眼神一沉，扶着墙慢慢站起来，“过来，演个戏。”

沈妄许的瞳孔骤缩，杀气腾腾地扫了一眼门外，他微微眯起蛇瞳，毫不犹豫地朝你扑来。

“警告，A101 室有实验物出逃。”刺耳的警报声响彻整个研究所。

许多警卫匆匆赶来，将你保护起来，又用电棍将正要“袭击”你的少年制服在地，而你正努力扮演受害者的角色。

虽然在沈妄许的帮助下，你的嫌疑并不大，但还是被研究所软禁盘问了一周。再回到岗位的时候，为了确认沈妄许的安危，你第一时间赶往了手术室，远远地就听见一片喊声。

“按住他！”“加强电压！”……

安娜焦急地站在门口：“试验品不配合，我劝不住这些人……都疯了！”

触目惊心的电流滋滋地在手术台上亮起。

这次被绑在台上的少年异常凄惨，他全身连手指都动不了，双眼被绷带蒙上，一副大型犬用的口笼还牢牢地勒在他的下半张脸上。漆黑的皮革将沈妄许白净的皮肤勒出许多红印，他剧烈地挣扎着，隔着口笼，“嘶嘶”挑衅般地对着研究员张嘴露出尖牙。

一边的老汪正歇斯底里地嚎着：“加强电压！”

你怒不可遏：“住手！”

众人诧异地看着你，连沈妄许的挣扎都停了。你大步走过去，一抬腿踹翻电疗仪：“他是我负责的项目，是我的试验品，你们要是动用私刑把他弄死了，老板怪罪下来，责任咱们一个都跑不掉！”

你自认这番火气发得十分官方，且有理有据。

老汪果然脸色憋得通红，没说一句话，拂袖而去，跟着离开的还有他的学生。手术室顿时显得空荡起来，其他人只好低头装作继续忙碌。

你走过去欲为沈妄许解下口笼，碍于那扣子的位置太刁钻，你微微地朝他俯身。

“姐姐？”沈妄许扬起笑容，用极轻的声音偷偷地开口，“我就知道你不会见死不救……”

你担心被人听见，不为所动。一绺头发无声地垂下，轻飘飘地落到了沈妄许的嘴唇上，被他“呼”地轻轻吹起。

你无奈地瞥了他一眼：“你七岁？”

“我好疼啊，姐姐……”见你终于理他，沈妄许立刻换上了撒娇的气音，夸张地说道，“要不是姐姐你来英雄救美，我就死在那老头的手里了。”

救美？

少年的脸白皙漂亮，蒙着双眼，反而添了几分吸引力。

“我想找机会为你申请更好的条件，”你轻声说道，“看在这个的份儿上，你老实几天。”

沈妄许意外地抬了抬头，很快轻轻地笑起来：“不行。”

听到这个回答，你疑惑不解

“姐姐，你比任何事都重要多了。只要你说，是看在你的份儿上……”他慢悠悠地说道，“我会比你养的猫还乖。”

你有意呛他：“要是我没养猫呢？”

“哈。”沈妄许夸张地笑了声，“那么恭喜你现在有一只喽，它叫Medusa。”

……无论如何都斗不过这个家伙。

你无奈地说道：“那就看在我的份儿上，你乖一点。”

“明白。”沈妄许愉快又乖巧。

如果只有你能负责 Medusa 的项目，那么你就会变得相当重要，可以申请高级权限。

包括改善少年的生活环境，给他一些美好的东西。

当然也方便着手为之后失控的投放计划做准备。

跳转10（275页）

“安娜是如何控制那些狂化者的？”外面传来冷冷的声音。

“不知道！”你愤怒地回答。

你的确不知道，这世上能有什么办法能控制一个疯狂的半人。

外面传来讨论的声音，隐隐听清“释放Medusa”“注射狂化药剂”。

难道沈妄许也提前暴露了？！你环顾四周，发现这个房间被一层薄薄的玻璃一分为二地隔开，布局十分奇怪。

最糟糕的预感浮现——一年前的某次审问中，他们把研究员和狂化者各放一边，最终狂化者打碎玻璃冲到另一边，撕碎了研究员的喉咙。

“实验开始。”屋外有人报告，“如果Medusa最终打碎玻璃，证明研究员无辜；如果被注射狂化剂的Medusa始终稳定，那么研究员可疑。”

照这样说，横竖都会死？！

你错愕地后退两步，看见另一边的门被人打开，恐怖的“嘶嘶”声传遍整个房间，两个强壮的警卫将沈妄许推入房间，又快速撤了出去。

沈妄许静静地站在苍白的房间里，双眼被黑色绷带蒙住，你看不清他脸上的表情。他张了张嘴，只发出“嘶嘶”的声音，像一条饥饿的蛇。

你朝着玻璃冲过去。漆黑的绷带被一把扯下，捏在手里，沈妄许抬起头，冷冷地朝着你瞥过来，碧绿的蛇瞳瞬间直竖如针。

漂亮的银发少年一步步朝你走来，唇边挑起恶意的笑，像极了即将实施恶作剧的孩子，蛇瞳里的阴冷却清晰地让你意识到——蛇类恶作剧的结果即是死亡。

在他的眼里再也看不到爱意。你清晰地意识到，他可能再也不是沈妄许了。而直到昨晚，他还在等你那一句回应。

沈妄许苦苦等待的十一年，对你来说不过穿越的一瞬。所以，刚回来就迎上他炽热的爱，你当时难以回应。就像冰块遇上烈焰，冰还没有决定好是否要化为水的时候，就被火包裹。

在研究所这些天的相处——

这究竟是友情，亲情，还是……爱情？

“如果你还能听懂我说的话，”你缓缓地将掌心放在玻璃上，“昨天我考虑过了……”

A. 确定心意
跳转26
312页

B. 不确定心意
跳转27
313页

25

**系统：警告，检测到解铃人偏离任务，系统将派出时空督查机器人进行肃清——**

一切都结束了。

你看了一眼存储资料的芯片，将它销毁后远远地朝着海面抛去。

多年的使命与信仰原来是一场骗局，安娜疯了，但你活着。

你要清醒地活着，比任何人都要清醒，替安娜、替这里所有逝去的无辜性命，铭记这段晦暗的历史。

当普罗米修斯的人员赶来，看着变成狂化者的沈妄许和他怀里的你，他们纷纷感到错愕与不可思议。

——狂化者在保护他爱的女孩。

你也终于明白了，安娜是如何“控制”狂化者的——用爱。

他们想办法将你们救回船上后，你并没有看到江沉闻。

听说他孤身迎战一个神秘的银发机器人，在夜雨里被对方的长刀刺穿了身体，受了重伤。昏迷前他下达命令：送失控的沈妄许回到工业城，将他安置在私人医院里休养。

江沉闻发来最后一条信息：“行你所愿，爱你所爱。”

你脱下白大褂，换上都市里常穿的衣服，拎着水果和粥，走进洁白的病房，将它们轻轻地放在少年的床头。

阳光投射在少年白皙的脸上，他的银发在开春暖阳里熠熠生辉，睡容柔和。

——他在研究所卧底时受伤太重，意识又强行被药剂封闭，你现在能做的只有日复一日的等待，等待他哪天苏醒。

或许在明天，或许在下个十一年后。

日复一日。

原来等待是这样漫长的过程，它像一条无限延长的线画在苍白的纸上，望不到尽头。可是当重逢的那天忽然降临，它又会变成小小的一个点，让你觉得所有的漫长都抵不过那人归来那天印象深刻。

你终究等来了那一天。

那是个最平常不过的日子，在某个无所事事的午后，你趴在沈妄许的床边小憩。半梦半醒的时候，有人用指尖轻轻抚过你的头发。

是谁这么大胆？

你迷迷糊糊地想了一会儿，突然惊醒，愣愣地朝着床上坐起的那人望过去。灿烂的阳光描摹出少年的轮廓，他的银发浸在光中，眼里承载烈阳——

“姐姐……你瘦了，是因为想我吗？”

A. 已获得
线索1.3
跳转8
272页

B. 未获得
线索1.3
跳转11
276页

26

“我喜欢你。”隔着玻璃，你坚定地与沈妄许对视，“这就是我的回答。”

沈妄许静静地望着你，碧眸里烈焰似的流光愈发浓烈，他再次张了下嘴，只发出断断续续的“嘶嘶”声。

他朝你眯起眼。

沈妄许等了你十一年，从童年到少年，却输在了你要对他表白的前一天。

其实，昨晚你思考了很久。

“我希望你也能给我回应。”你缓缓出声，“我很想知道，为什么我会给你留下这么深刻的印象？你是怎么爱上我的？如果你能听懂就回答我，好不好？”

少年站在玻璃对面，歪了歪头，微笑着用阴冷的目光锁定了你。

你感觉胸口沉闷，好似被巨石压着，喘不过气。

**获得线索1.3**

跳转28（314页）

27

“抱歉，我……无法回应你的心意。”你还是决定在最后一刻对沈妄许说实话，“这就是我的回答。”

他的眼中显现一瞬的黯然，很快又恢复迷茫失控。

或许沈妄许会是个很好的朋友、家人，但你们之间并没有恋人的悸动。

沈妄许等了你十一年，你不愿欺骗他的感情。或许以后你们之间会发生更浪漫的故事，但至少不是现在，你无法因为七天的相处就接受他热烈的表白。

跳转28（314页）

你正要垂下按在玻璃上的手，突然发现少年手指微颤，在他失控的躯壳下，似乎有另一股顽强的意识正缓缓涌现，促使他慢慢地抬起了右手——

与你掌心相抵。

沈妄许嗫嚅着：“你忘了我吧……”

你的四肢仿佛被无形的东西牢牢缠住，心脏也勒得发疼，无名的怒意伴随着话语脱口而出：“为什么？”

“我现在明白什么是爱情了，你是我最爱的女孩……”他缓慢地、颤抖地开口，每个音节之间都夹杂痛苦的喘息，“所以我不会占有你……我希望你活下去，活成更好、更自由的模样。”

你愣愣地看着他，看清他眼中浮起悲伤的笑意。

“姐姐，我童年时的第一个家人是你；我在青春期暗恋的是你；上课时偷偷画的也是你；成年后确定要喜欢的也是你。别人都不行，你是第一个救赎我的人。

“我凝视着深渊，深渊也凝视着我。当我迈向无边的黑暗，有天使降临到我眼前，她用七天的时间救赎了我的一生。

“自从读到我母亲故事里的结局，我就下定决心，一定不要做那个怯弱的男人。就算会被你拒绝，我也要对你说出来。”

他垂目望着你，慢慢抬起指尖，隔着玻璃慢慢地描摹你的脸。

“那天……我被拴着锁链，看着他们指指点点，突然有一种很奇怪的欲望：我想要吃掉他们，想要杀死他们。但我又痛恨自己……而你只用一枪，就杀了日夜折磨我的坏人。你像神明般降临到我眼前。

“可我现在想杀死我的神明。”他慢慢地将额头抵在玻璃上，闭上双眼，虔诚如祈祷，“神明啊，请你杀了我。”

你也慢慢地闭上双眼，深吸一口气。

再睁开眼，你表情决绝，举起拳头朝着玻璃重重地砸下。玻璃发出细微的碎裂声。

一拳、两拳……玻璃碎片洒了满地。沈妄许虔诚地朝你微笑着张开双臂，引颈受戮。

你穿过破碎的玻璃，紧紧地拥抱了他，附在他耳边对他轻轻说道：“神明不会杀死你，神明会向你而来。”

在神谕降临的前夜，

想要占有神明的信徒陷入寂灭的绝望，他生出尖牙与蛇瞳，化身恶魔。

他跪在地上，祈祷神杀死他。

神明会跋涉乱世，

穿越遥远的十一年，

捧着姗姗来迟的爱意，

向他而来。

外面响起混乱的声音，呐喊声与尖叫声混在一起，你听见熟悉的爆破声，这栋罪恶的建筑正在被一层层地炸毁。

沈妄许抬起了淡漠的双眸。将审问室的大门踹得粉碎后，他突然将你抱起，缓缓地朝房间外走去，穿越灼烫的烈火。

烈焰在沈妄许的碧眸里燃起，他毫不掩饰地露出狠戾与危险的神情，任何来阻挡的人，都被他一击毙命。

生存、安危、任务……他几乎什么都忘了。

他只记得爱你。

神爱世人，我不是神，我只爱你。

恶魔的唇角缓缓地扬起满意的笑容，抱着他的神明，一路私奔。

巨大的爆破声令整座岛屿震颤，混着硝烟味的海风吹拂你的头发。你望向渡口，在那里，鬼魅般的大船正停靠在海岸旁。

A. 已获得
线索1.2
跳转25
310页

B. 未获得
线索1.2
跳转29
317页

29

一切还没有结束。你缓缓地从沈妄许的怀中下来，望向手环，里面存着你窃取的所有资料。

“我们就在这儿分开吧。”你对失去意识的沈妄许轻声说道，“我还有自己的任务要完成，你也是。”

大雨降临，沈妄许冒雨默默地跟着你。

少年面无表情，安静地垂着眼，大雨浇透他的衣发，他像一只无家可归的野兽，眼里的光被冷雨熄灭。

你担心他再靠近会被发现，于是加快速度在夜雨里奔跑。不知跑了多久，你全身湿透，气喘吁吁地停了下来，果然不见了沈妄许的身影。

太好了，他已经和江沉闻汇合了吧？

想到这儿，你既松了口气，又有种说不清道不明的失落。

你在码头遇见了接头人，将芯片郑重地交给他们：“请问，我现在可不可以退休了？我想赶紧去找一个人……”

特工们冷冷地注视着你。

“抱歉，解铃人小姐，我们要通知你有关解铃计划总署的命令。”其中一个特工缓缓地开口，“他们说，你已经是没用的弃子了，他们已经从四年后派出时空机器人来肃清你。”

——你将会是最后一个看到芯片里那些情报的人。

你打了个冷战，突然嗅到了阴谋的味道，原来他们根本没想和普罗米修斯一样揭发 T 国的丑闻，而是想私藏起来继续基因研究！

你拔腿跑向夜雨中，突然被一个身影敏捷地拦住，他的胸膛差点撞上你的鼻尖。

“您好，我是来自四年后的特遣机器人，编号 12。”

你退后几步，错愕地望向眼前的战斗型机器人。

男人被制造成一头银发的机器人，肤色比常人更白了几分。他穿着融入夜色的黑衣，双眸被黑色绷带缠起，手持长刀，缓缓地朝你走来。

居然和沈妄许一模一样。也就是说，沈妄许或许会落入他们手中，被制成机器人，被肆意利用，被派去清除所有接近真相的解铃人……

偏偏越绝望的时候，你的思路就越清晰。

你被雨水砸得睁不开眼，不小心跑到了海岛悬崖。

12 号手里的武器发出清亮的刀鸣，距离你越来越近——

它突然被人重重地撞了一下。

你回过头，看见一个狂化者不顾一切地撞在机器人身上，他们双双从海崖上跌落下去。在这一刹那，暴雨仿佛停滞在半空，你睁大了眼，看清了沈妄许最后的口型。

“再见，姐姐。”

或许意识到是人生的最后一刻，命运吝啬地赋予他两秒钟的清醒，只来得及对你露出诀别的笑容。

你踉踉跄跄地朝着悬崖跑去，却只在漆黑的海浪里看见两朵绽开的白色水花。

任你喊到沙哑，大海不曾有应。

最终，你没有和任何人离开这座岛屿。

研究所被烧得只剩下废弃的楼架，你搭了个小帐篷住了下来。天气晴朗的时候，你就赶着海浪潜入水下寻找沈妄许。

不知过了多久，你终于在海底发现了熟悉的人影轮廓。在看清那一抹银色的瞬间，你内心感到惶恐般的战栗，既期待是他，又暗暗不希望在海底找到他。

——果然不是他。

你拖上岸的只是那个被改造的 12 号机器人，它没有变成废铜烂铁，但也已经严重遭到毁损。或许是一个人在孤岛上太寂寞，你犹豫了半天，最终还是勉强把它修好了。

至少，它的外表是你想要的样子。

此后，12 号沈妄许总是一言不发地跟在你身后。

12 号沈妄许总是面无表情地注视着你。

12 号沈妄许只会执行命令，哪怕是跳入大海里寻找真正的沈妄许。

……

机器人没有心，只有快要报废的芯片。

你无数次逼他叫姐姐，可他永远都保持沉默。

你低头哭泣时，他只会静静地看。

日复一日，又不知过了多久，当这座曾被烧毁的海岛终于迎来发芽的季节，你难得心情不错，领着 12 号在废墟里散步。

蓝天白云，天气晴朗。

它默默地跟在你身后，走得越来越慢。

你听见断断续续的电流音，像是不断重复的呢喃，于是困惑地回过头。

12 号慢慢地朝你伸出右手。

机器人没有心。

当机器人不知何时学会了慢慢伸出手，想替你擦掉眼泪的时候——

它顿了顿，手臂停在半空，终于永远地不动了。

END

孤岛

图书在版编目（CIP）数据

狩猎恋人 / 拂罗著.—武汉：长江出版社，2021.6

ISBN 978-7-5492-7710-0

Ⅰ.①狩… Ⅱ.①拂… Ⅲ.①长篇小说—中国

—当代 Ⅳ.①I247.5

中国版本图书馆CIP数据核字（2021）第110139号



狩猎恋人 / 拂罗 著

出　　版　长江出版社

（武汉市解放大道1863号　邮政编码：430010）

选题策划　漫娱　杨宇峰

市场发行　长江出版社发行部

网　　址　http://www.cjpress.com.cn

责任编辑　江　南

特约编辑　郭昕　买嘉欣　刘憬轩　王琼

总 策 划　熊　嵩

执行策划　罗晓琴

装帧设计　刘江南　邓　婕

插画绘制　李吉吉　Nieorst

印　　刷　恒美印务（广州）有限公司

版　　次　2021年6月第1版

印　　次　2021年7月第1次印刷

开　　本　880mm×1230mm 1／32

印　　张　10

字　　数　270千字

书　　号　ISBN 978-7-5492-7710-0

定　　价　49.80元



电话：027-82926557（总编室）　027-82926806（市场营销部）

# 时空恋人·系列推荐：

## 《他的九条尾巴》

猫咪少年邂逅人类少女，
超浪漫恋爱奇遇！

定价：42 元

## 《怪少女与王子病》

怪少女拯救恋爱时间，
超甜蜜恋爱冒险！

定价：48.8 元

## 《恋与雅君子》

穿越时空的古代美男子，
超苏的古风绝恋！

定价：45 元

## 《银子弹与刺玫瑰》

复仇少女与血族的禁忌之恋，超次元恋爱互动！

定价：45 元

漫娱图书 SINCE BOOKS
CHANGJIANG PRESS SPACE CRACK 次元时空裂缝